KB065295

메밀꽃 필 무렵

지은이 이효석

근대 한국 순수문학을 대표하는 소설가. 경성제일고보통학교와 경성제국대학 법문학부 영문과를 졸업했다. 1928년 《조선지광》에 <도시와 유령>을 발표하면서 등단하였다. 한국 단편문학의 전형적인 수작이라고 할 수 있는 <메밀꽃 필 무렵>을 썼다.

현대문학 짧은 이야기 2
메밀꽃 필 무렵

초판 1쇄 발행 2024년 2월 20일

지은이 이효석
펴낸이 백광석
펴낸곳 다온길

출판등록 2018년 10월 23일 제2018-000064호
전자우편 baik73@gmail.com

ISBN 979-11-6508-554-4 (03810)

현대문학 짧은 이야기 2

메밀꽃 필 무렵

이효석 지음

다온길

서문

이효석의 소설이다.

짧은 이야기들을 모아 한 권의 책으로 내게 되었다.

이효석은 한국의 대표적인 단편 소설가로, 특히 '한국
의 토속색을 간직한 서정적인 작품들'로 잘 알려져 있다. 그
의 대표작 중 하나는 '메밀꽃 필 무렵'으로, 이 작품은 시골
풍경과 인간의 정서를 섬세하고 아름답게 묘사하여 큰 사
랑을 받았다. 자연과 삶을 바탕으로 한 작품으로, 이효석
문학의 정수를 보여준다.

이효석은 사실주의와 낭만주의가 혼합된 독특한 문체
로, 서정적이면서도 섬세한 인간 심리의 묘사가 특징적이다.
그의 작품들은 대체로 당대의 사회적 현실과 농촌 생활을
배경으로 하며, 전통적인 가치와 현대적인 감각이 조화를

이루는 것이 특징이다. 짧지만 강렬한 단편들을 통해 한국 문학사에 큰 발자취를 남겼다.

개화기를 분수령으로 고전문학과 현대문학으로 나누어진다.

현대 문학은 개인에 대한 집중, 마음의 내적 작용에 대한 관심, 전통적인 문학적 형태와 구조에 대해 거부하며 작가들은 정체성, 소외, 인간의 조건과 같은 복잡한 주제와 아이디어를 탐구하는 게 특징이다.

'역사를 잊은 민족에게는 미래는 없다'는 말이 있듯, 과거의 현대문학을 보면 오늘을 살아가는 우리의 모습이 투영된다.

차례

1장
메밀꽃 필 무렵

여름 장이란 애시당초에 글러서, 해는 아직 중천에 있건만 장판은 벌써 쓸쓸하고 더운 햇발이 벌여놓은 전휘장 밑으로 등줄기를 훅훅 볶는다. 마을 사람들은 거의 돌아간 뒤요, 팔리지 못한 나무꾼패가 길거리에 궁깃거리고들 있으나, 석유병이나 받고 고깃마리나 사면 족할 이 축들을 바라고 언제까지든지 버티고 있을 법은 없다. 칩칩스럽게 날아드는 파리떼도 장난꾼 각다귀들도 귀찮다. 얽음뱅이요 왼손잡이인 드팀전의 허생원은 기어이 동업의 조선달을 나꾸어 보았다.

"그만 거둘까?"

"잘 생각했네. 봉평장에서 한 번이나 흐뭇하게 사본 일이 있었을까? 내일 대화장에서나 한몫 벌어야겠네."

"오늘 밤은 밤을 새서 걸어야 될걸."

"달이 뜨렸다."

절렁절렁 소리를 내며 조선달이 그날 산 돈을 따지는 것을 보고 허생원은 말뚝에서 넓은 휘장을 걷고 벌여 놓았던 물건을 거두기 시작하였다. 무명필과 주단 바리가 두 고리짝에 꼭 찼다. 멍석위에는 천 조각이 어수선하게 남았다.

다른 축들도 벌써 거의 전들을 걷고 있었다. 약바르게 떠나는 패도 있었다. 어물장수도, 땜장이도, 엿장수도, 생강장수도, 꼴들이 보이지 않았다. 내일은 진부와 대화에 장이 선다. 축들은 그 어느 쪽으로든지 밤을 새며 육칠십리 밤길을 타박거리지 않으면 안 된다. 장판은 잔치 뒤마당 같이 어수선하게 벌어지고, 술집에서는 싸움이 터져 있었다. 주정꾼 욕지거리에 섞여 계집의 앙칼진 목소리가 찢어졌다. 장날 저녁은 정해놓고 계집의 고함 소리로 시작되는 것이다.

"생원, 시침을 떼두 다 아네. 충줏집 말야."

계집 목소리로 문득 생각난 듯이 조선달은 비죽이 웃는다.

"화중지병이지. 연소패들을 적수로 하구야 대거리가 돼야 말이지."

"그렇지두 않을걸. 축들이 사족을 못 쓰는 것두 사실은 사실이나, 아무리 그렇다군 해두 왜 그 동이 말일세. 감쪽같이 충줏집을 후린 눈치거든."

"무어, 그 애송이가? 물건 가지구 낚았나 부지. 착실한 녀석인 줄 알았더니."

"그 길만은 알 수 있나. 궁리 말구 가 보세나 그려. 내 한 턱 씀세."

그다지 마음이 당기지 않는 것을 쫓아갔다. 허생원은 계집과는 연분이 멀었다. 얽음뱅이 상판을 쳐들고 대어설 숫기도 없었으나, 계집 편에서 정을 보낸 적도 없었고, 쓸쓸하고 뒤틀린 반생이었다. 충줏집을 생각만 하여도 철없이 얼굴이 붉어지고 발 밑이 떨리고 그 자리에 소스라쳐버린다.

충줏집 문을 들어서 술좌석에서 짜장 동이를 만났

을 때에는 어찌된 서슬엔지 발끈 화가 나 버렸다. 상 위에 붉은 얼굴을 쳐들고 제법 계집과 농탕치는 것을 보고서야 견딜 수 없었던 것이다. 녀석이 제법 난질꾼인데, 꼴사납다. 머리에 피도 안 마른 녀석이 낮부터 술 처먹고 계집과 농탕이야. 장돌뱅이 망신만 시키고 돌아다니누나. 그 꼴에 우리들과 한몫 보자는 셈이지. 동이 앞에 막아서면서부터 책망이었다.

걱정두 팔자요 하는 듯이 빤히 쳐다보는 상기된 눈망울에 부딪힐 때, 얼결김에 따귀를 하나 갈겨 주지 않고는 배길 수 없었다. 동이도 화를 쓰고 팩하고 일어서기는 하였으나, 허생원은 조금도 동색하는 법 없이 마음먹은 대로는 다 지껄였다. 어디서 주워먹은 선머슴인지는 모르겠으나 네게도 아비 어미 있겠지? 그 사나운 꼴 보면 맘좋겠다. 장사란 탐탁하게 해야 되지, 계집이 다 무어야. 나가거라, 냉큼 꼴 치워.

그러나 한마디도 대거리하지 않고 하염없이 나가는 꼴을 보려니, 도리어 측은히 여겨졌다. 아직두 서름서름한 사인데 너무 과하지 않았을까 하고 마음이 섬뻑해졌다. 주제도 넘지, 같은 술손님이면서도 아무리 젊다고 자

식 낮게 된 것을 붙들고 치고 닦아셀 것은 무어야 원. 충
줏집은 입술을 쭝긋하고 술 붓는 솜씨도 거칠었으나, 젊
은 애들한테는 그것이 약이 된다고 하고 그 자리는 조선
달이 얼버무려 넘겼다.

너 녀석한테 반했지? 애숭이를 빨면 죄된다. 한참 법
석을 친 후이다. 담도 생긴데다가 웬일인지 흠뻑 취해보
고 싶은 생각도 있어서 허생원은 주는 술잔이면 거의 다
들이켰다. 거나해짐을 따라 계집 생각보다도 동이의 뒷일
이 한결같이 궁금해졌다.

내 꼴에 계집을 가로채서는 어떡헐 작정이었누 하고,
어리석은 꼬락서니를 모질게 책망하는 마음도 한편에 있
었다. 그렇기 때문에 얼마나 지난 뒤인지 동이가 헐레벌
떡거리며 황급히 부르러 왔을 때에는, 마시던 잔을 그 자
리에 던지고 정신없이 허덕이며 충줏집을 뛰어나간 것이
었다.

"생원 당나귀가 바를 끊구 야단이에요."
"각다귀들 장난이지 필연코."
짐승도 짐승이려니와 동이의 마음씨가 가슴을 울렸

13

다. 뒤를 따라 장판을 달음질하려니 거슴츠레한 눈이 뜨거워질 것 같다.

"부락스런 녀석들이라 어쩌는 수 있어야죠."
"나귀를 몹시 구는 녀석들은 그냥 두지는 않을걸."

반평생을 같이 지내온 짐승이었다. 같은 주막에서 잠자고 같은 달빛에 젖으면서 장에서 장으로 걸어다니는 동안에 이십년의 세월이 사람과 짐승을 함께 늙게 하였다. 까스러진 목 뒤 털은 주인의 머리털과도 같이 바스러지고, 개진개진 젖은 눈은 주인의 눈과 같이 눈꼽을 흘렸다.

몽당비처럼 짧게 슬리운 꼬리는 파리를 쫓으려고 기껏 휘저어 보아야 벌써 다리까지는 닿지 않았다. 닳아 없어진 굽을 몇번이나 도려내고 새 철을 신겼는지 모른다. 굽은 벌써 더 자라나기는 틀렸고 닳아버린 철 사이로는 피가 빼짓이 흘렀다. 냄새만 맡고도 주인을 분간하였다. 호소하는 목소리로 야단스럽게 울며 반겨한다.

어린아이를 달래듯이 목덜미를 어루만져 주니 나귀

는 코를 벌름거리고 입을 투르르거렸다. 콧물이 튀었다. 허생원은 짐승 때문에 속도 무던히는 썩였다. 아이들의 장난이 심한 눈치여서, 땀 밴 몸뚱어리가 부들부들 떨리고 좀체 흥분이 식지 않는 모양이었다. 굴레가 벗어지고 안장도 떨어졌다. 요 몹쓸 자식들, 하고 허생원은 호령을 하였으나, 패들은 벌써 줄행랑을 논 뒤요 몇 남지 않은 아이들이 호령에 놀래 비슬비슬 멀어졌다.

"우리들 장난이 아니우. 암놈을 보고 저 혼자 발광이지."

코흘리개 한 녀석이 멀리서 소리를 쳤다.

"고녀석 말투가.."
"김첨지 당나귀가 가버리니까 온통 흙을 차고 거품을 흘리면서 미친 소같이 날뛰는걸. 꼴이 우스워 우리는 보고만 있었다우. 배를 좀 보지."

아이는 앙돌아진 투로 소리를 치며 깔깔 웃었다. 허생원은 모르는 결에 낯이 뜨거워졌다. 뭇 시선을 막으려고 그는 짐승의 배 앞을 가리워 서지 않으면 안 되었다.

"늙은 주제에 암샘을 내는 셈야. 저놈의 짐승이."

아이의 웃음소리에 허생원은 주춤하면서 기어이 견딜 수 없어 채찍을 들더니 아이를 쫓았다.

"쫓으려거든 쫓아보지. 왼손잡이가 사람을 때려."

줄달음에 달아나는 각다귀에는 당하는 재주가 없었다. 왼손잡이는 아이 하나도 후릴 수 없다. 그만 채찍을 던졌다. 술기도 돌아 몸이 유난스럽게 화끈거렸다.

"그만 떠나세. 녀석들과 어울리다가는 한이 없어. 장판의 각다귀들이란 어른보다도 더 무서운 것들인걸."

조선달과 동이는 각각 제 나귀에 안장을 얹고 짐을 싣기 시작하였다. 해가 꽤 많이 기울어진 모양이었다.

드팀전 장돌이을 시작한 지 이십년이나 되어도 허생

원은 봉평장을 빼 논 적은 드물었다. 충주 제천 등의 이
웃 군에도 가고, 멀리 영남 지방도 헤매기는 하였으나 강
릉쯤에 물건 하러 가는 외에는 처음부터 끝까지 군내를
돌아다녔다. 닷새만큼씩의 장날에는 달보다도 확실하게
면에서 면으로 건너간다. 고향이 청주라고 자랑삼아 말
하였으나 고향에 돌보러 간일도 있는 것 같지는 않았다.

　　장에서 장으로 가는 길의 아름다운 강산이 그대로
그에게는 그리운 고향이었다. 반날 동안이나 뚜벅뚜벅 걷
고 장터 있는 마을에 거의 가까왔을 때, 거친 나귀가 한
바탕 우렁차게 울면. 더구나 그것이 저녁녘이어서 등불
들이 어둠 속에 깜박거릴 무렵이면 늘 당하는 것이건만
허생원은 변치 않고 언제든지 가슴이 뛰놀았다.

　　젊은 시절에는 알뜰하게 벌어 돈푼이나 모아본 적도
있기는 있었으나, 읍내에 백중이 열린 해 호탕스럽게 놀
고 투전을 하여 사흘 동안에 다 털어버렸다. 나귀까
지 팔게 된 판이었으나 애끓는 정분에 그것만은 이를 물
고 단념하였다. 결국 도로아미타불로 장돌이를 다시 시
작할 수밖에 없었다. 짐승을 데리고 읍내를 도망해 나왔
을 때에는 너를 팔지 않기 다행이었다고 길가에서 울면

서 짐승의 등을 어루만졌던 것이었다. 빚을 지기 시작하니 재산을 모을 염은 당초에 틀리고 간신히 입에 풀칠을 하러 장에서 장으로 돌아다니게 되었다.

호탕스럽게 놀았다고는 하여도 계집 하나 후려보지는 못하였다. 계집이란 쌀쌀하고 매정한 것이었다. 평생 인연이 없는 것이라고 신세가 서글퍼졌다. 일신에 가까운 것이라고는 언제나 변함없는 한 필의 당나귀였다.

그렇다고는 하여도 꼭 한 번의 첫 일을 잊을 수는 없었다. 뒤에도 처음에도 없는 단 한번의 괴이한 인연! 봉평에 다니기 시작한 젊은 시절의 일이었으나 그것을 생각할 적만은 그도 산 보람을 느꼈다.

"달밤이었으나 어떻게 해서 그렇게 됐는지 지금 생각해두 도무지 알 수 없어."

허생원은 오늘 밤도 또 그 이야기를 끄집어내려는 것이다. 조선달은 친구가 된 이래 귀에 못이 박히도록 들어왔다. 그렇다고 싫증을 낼 수도 없었으나 허생원은 시치미를 떼고 되풀이할대로는 되풀이하고야 말았다.

"달밤에는 그런 이야기가 격에 맞거든."

조선달 편을 바라는 보았으나 물론 미안해서가 아니라 달빛에 감동하여서였다. 이지러는 졌으나 보름을 갓 지난 달은 부드러운 빛을 흐뭇이 흘리고 있다. 대화까지는 팔십리의 밤길, 고개를 둘이나 넘고 개울을 하나 건너고 벌판과 산길을 걸어야 된다. 길은 지금 긴 산허리에 걸려 있다. 밤중을 지난 무렵인지 죽은 듯이 고요한 속에서 짐승 같은 달의 숨소리가 손에 잡힐 듯이 들리며, 콩포기와 옥수수 잎새가 한층 달에 푸르게 젖었다.

산허리는 온통 메밀밭이어서 피기 시작한 꽃이 소금을 뿌린 듯이 흐뭇한 달빛에 숨이 막힐 지경이다. 붉은 대궁이 향기같이 애잔하고 나귀들의 걸음도 시원하다. 길이 좁은 까닭에 세 사람은 나귀를 타고 외줄로 늘어섰다. 방울소리가 시원스럽게 딸랑딸랑 메밀밭게로 흘러간다. 앞장 선 허생원의 이야기소리는 꽁무니에 선 동이에게는 확적히는 안 들렸으나, 그는 그대로 개운한 제멋에 적적하지는 않았다.

"장선 꼭 이런 날 밤이었네. 객줏집 토방이란 무더

19

워서 잠이 들어야지. 밤중은 돼서 혼자 일어나 개울가에 목욕하러 나갔지. 봉평은 지금이나 그제나 마찬가지지, 보이는 곳마다 메밀밭이어서 개울가가 어디없이 하얀 꽃이야. 돌밭에 벗어도 좋을 것을, 달이 너무나 밝은 까닭에 옷을 벗으러 물방앗간으로 들어가지 않았나. 이상한 일도 많지. 거기서 난데없는 성서방네 처녀와 마주쳤단 말이네. 봉평서야 제일가는 일색이었지. 팔자에 있었나부지."

아무렴, 하고 응답하면서 말머리를 아끼는 듯이 한참이나 담배를 빨 뿐이었다. 구수한 자줏빛 연기가 밤기운 속에 흘러서는 녹았다.

"날 기다린 것은 아니었으나 그렇다고 달리 기다리는 놈팽이가 있는 것두 아니었네. 처녀는 울고 있단 말야. 짐작은 대고 있으나 성서방네는 한창 어려워서 들고날 판인 때였지. 한집안 일이니 딸에겐들 걱정이 없을 리 있겠나? 좋은 데만 있으면 시집도 보내련만 시집은 죽어도 싫다지. 그러나 처녀란 울 때같이 정을 끄는 때가 있을까! 처음에는 놀라기도 한 눈치였으나 걱정 있을 때는 누

그러지기도 쉬운 듯해서 이럭저럭 이야기가 되었네. 생각하면 무섭고도 기막힌 밤이었어."

"제천인지로 줄행랑을 놓은 건 그 다음 날이렷지."

"다음 장도막에는 벌써 온 집안이 사라진 뒤였네. 장판은 소문에 발끈 뒤집혀 오죽해야 술집에 팔려가기가 상수라고 처녀의 뒷공론이 자자들 하단 말이야. 제천 장판을 몇 번이나 뒤졌겠나. 허나 처녀의 꼴은 꿩궈먹은 자리야. 첫날밤이 마지막 밤이었지. 그 때부터 봉평이 마음에 든 것이 반평생을 두고 다니게 되었네. 반평생인들 잊을 수 있겠나."

"수 좋았지. 그렇게 신통한 일이란 쉽지 않어. 항용 못난것 얻어 새끼 낳고 걱정 늘고, 생각만 해두 진저리가 나지. 그러나 늙으막바지까지 장돌뱅이로 지내기도 힘드는 노릇 아닌가. 난 가을까지만 하구 이 생계와두 하직하려네. 대화쯤에 조그만 전방이나 하나 벌이구 식구들을 부르겠어. 사시장천 뚜벅뚜벅 걷기란 여간이래야지."

"옛 처녀나 만나면 같이나 살까. 난 거꾸러질 때까지 이 길 걷고 저 달 볼 테야."

산길을 벗어나니 큰 길로 틔어졌다. 꽁무니의 동이도

21

앞으로 나서 나귀들은 가로 늘어섰다.

"총각두 젊겠다, 지금이 한창시절이렷다. 충줏집에서는 그만 실수를 해서 그 꼴이 되었으나 섧게 생각 말게."

"처 천만에요. 되려 부끄러워요. 계집이란 지금 웬 제격인가요. 자나 깨나 어머니 생각뿐인데요."

허생원의 이야기로 실심해 한 끝이라 동이의 어조는 한풀 수그러진 것이었다.

"아비 어미란 말에 가슴이 터지는 것도 같았으나 제겐 아버지가 없어요. 피붙이라고는 어머니 하나뿐인걸요."

"돌아가셨나?"

"당초부터 없어요."

"그런 법이 세상에."

생원과 선달이 야단스럽게 껄껄들 웃으니 동이는 정색하고 우길 수밖에는 없었다.

"부끄러워서 말하지 않으려 했으나 정말예요. 제천

촌에서 달도 차지 않은 아이를 낳고 어머니는 집을 쫓겨 났죠. 우스운 이야기나, 그러기 때문에 지금까지 아버지 얼굴도 본 적 없고 있는 고장도 모르고 지내 와요."

고개가 앞에 놓인 까닭에 세 사람은 나귀를 내렸다. 둔덕은 험하고 입을 벌리기도 대근하여 이야기는 한동안 끊겼다. 나귀는 건듯하면 미끄러졌다. 허생원은 숨이 차 몇 번이고 다리를 쉬지 않으면 안 되었다. 고개를 넘을 때마다 나이가 알렸다. 동이 같은 젊은 축이 끝이 없이 부러웠다. 땀이 등을 한바탕 쭉 씻어 내렸다.

고개 너머는 바로 개울이었다. 장마에 흘겨버린 널다 리가 아직도 걸리지 않은 채로 있는 까닭에 벗고 건너야 되었다. 고의를 벗어 띠로 등에 얽어매고 반 벌거숭이의 우스꽝스런 꼴로 물 속에 뛰어들었다. 금방 땀을 흘린 뒤 였으나 밤 물은 뼈를 찔렀다.

"그래 대체 기르긴 누가 기르구?"
"어머니는 하는 수 없이 의부를 얻어가서 술장사를 시작했죠. 술이 고주래서 의부라고 전 망나니예요. 철들어서부터 맞기 시작한 것이 하룬들 편한 날 있었을까?
어머니는 말리다가 채이고 맞고 칼부림을 당하고 하니
집 꼴이 무어겠소. 열여덟 살 때 집을 뛰쳐나서부터 이
짓이죠."

"총각 낫세론 동이 무던하다고 생각했더니 듣고 보
니 딱한 신세로군."

물은 깊어 허리까지 찼다. 속 물살도 어지간히 센데
다가 발에 채이는 돌멩이도 미끄러워 금시에 훌칠 듯하
였다. 나귀와 조선달은 재빨리 거의 건넜으나 동이는 허
생원을 붙드느라고 두 사람은 훨씬 떨어졌다.

"모친의 친정은 원래부터 제천이었던가?"
"웬걸요. 시원스리 말은 안해주나 봉평이라는 것만
은 들었죠."
"봉평? 그래 그 아비 성은 무엇이구?"
"알 수 있나요. 도무지 듣지를 못했으니까."
"그 그렇겠지."

하고 중얼거리며 흐려지는 눈을 까물까물하다가 허

생원은 경망하게도 발을 빗디뎠다. 앞으로 꼬꾸라지기가 바쁘게 몸째 풍덩 빠져버렸다. 허위적거릴수록 몸을 걷잡을 수 없어 동이가 소리를 치며 가까이 왔을 때에는 벌써 퍽으나 흘렀었다. 옷째 쫄딱 젖으니 물에 젖은 개보다도 참혹한 꼴이었다. 동이는 물속에서 어른을 해깝게 업을 수 있었다. 젖었다고는 하여도 여윈 몸이라 장정 등에는 오히려 가벼웠다.

"이렇게까지 해서 안됐네. 내 오늘은 정신이 빠진 모양이야."

"염려하실 것 없어요."

"그래 모친은 아비를 찾지는 않는 눈치지?"

"늘 한 번 만나고 싶다고는 하는데요."

"지금 어디 계신가?"

"의부와도 갈라져서 제천에 있죠. 가을에는 봉평에 모셔오려고 생각 중인데요. 이를 물고 벌면 이럭저럭 살아갈 수 있겠죠."

"아무렴, 기특한 생각이야."

가을이랬다.

동이의 탐탁한 등어리가 뼈에 사무쳐 따뜻하다. 물을 다 건넜을 때에는 도리어 서글픈 생각에 좀 더 업혔으면도 하였다.

"진종일 실수만 하니 웬일이요? 생원."

조선달은 바라보며 기어코 웃음이 터졌다.

"나귀야, 나귀 생각 하다 실족을 했어. 말 안했던가? 저 꼴에 제법 새끼를 얻었단 말이지. 읍내 강릉집 피마에게 말일세. 귀를 쫑긋 세우고 달랑달랑 뛰는 것이 나귀새끼같이 귀여운 것이 있을까? 그것 보러 나는 일부러 읍내를 도는 때가 있다네."
"사람을 물에 빠치울 젠 딴은 대단한 나귀새끼군!"

허생원은 젖은 옷을 웬만큼 짜서 입었다. 이가 덜덜 갈리고 가슴이 떨리며 몹시도 추웠으나 마음은 알 수 없이 둥실둥실 가벼웠다.

"주막까지 부지런히들 가세나. 뜰에 불을 피우고 훗

훗이 쉬어. 나귀에겐 더운 물을 끓여주고, 내일 대화장 보고는 제천이다."

"생원도 제천으로."

"오래간만에 가보고 싶어. 동행하려나, 동이"

나귀가 걷기 시작하였을 때 동이의 채찍은 왼손에 있었다. 오랫동안 아둑신이같이 눈이 어둡던 허생원도 요번만은 동이의 왼손잡이가 눈에 띄지 않을 수 없었다.

걸음도 해깝고 방울소리가 밤 벌판에 한층 청청하게 울렸다.

달이 어지간히 기울어졌다.

2장
깨뜨려지는 홍등(紅燈)

"여보세요."

"이야기가 있으니 이리 좀 오세요."

"잠깐 들어와 놀다 가세요."

"너무 히야까시 마시고 이리 좀 와요."

"들어오세요."

"여보세요."

"여보세요."

"여보세요."

저문 거리 붉은 등에 저녁 불이 무르녹기 시작할 때
면 피를 말리우고 목을 짜내며 경칩의 개구리떼같이 울
고 외치던 이 소리가 이 청루에서는 벌써 들리지 않았고
나비를 부르는 꽃들이 누 앞에 난만히 피지도 않았다.

'상품'의 매매와 흥정으로 그 어느 밤을 물론하고 이른 아침의 저자같이 외치고 들끓는 화려한 이 저자에서 이 누 앞만은 심히도 적막하였다.

문은 쓸쓸히 닫히었고 그 위에 걸린 홍등이 문 앞을 희미하게 비치고 있을 따름이다.

사시장청 어느 때를 두고든지 시들어 본 적 없는 이곳이 이렇게 쓸쓸히 시들었을 적에는 반드시 심상치 않은 일이 일어났음이 틀림없었다.

몇백원이나 몇천원 계약에 팔려서 처음으로 이 지옥에 들어오면 너무도 기막힌 일에 무섭고 겁이 나서 몇 주일 동안은 눈물과 울음으로 세상이 어두웠다. 밤이 되어 손님을 맡아 가지고 제방으로 들어갈 때에는 도살장으로 끌리는 양이었다. 너무도 겁이 나서 울고 몸부림을 하면 어떤 사람은 가여워서 그대로 가버리고 어떤 사람은 소리를 치고 주인을 부르고 포악을 부렸다. 그러면 주인이 쫓아와서 사정없이 매질하였다. 눈물과 공포와 매질에 차대끼고 나면 몸은 점점 피곤하여가서 나중에는 도

저히 체력을 지탱하여 갈 수 없었다. 그러나 병이 들어 누웠을 때면은 미음 한 술은 커녕 약 한 첩 안 대려주었다. 몸 팔고 매 맞고 학대 받고… 개나 돼지에도 떨어지는 생활을 그들은 하여 왔던 것이다.

사람으로서의 대접을 못 받아오는 그들이 불평을 품고 별러 온 지는 이미 오래였다. 학대 받으면 받을수록 원은 맺혀가고 분은 자라갔다. 비록 그들의 원과 분이 어떤 같은 목표를 향하여 통일은 되지 못하였을망정 여덟이면 여덟 사람 억울한 심사와 한 많은 감정만은 똑같이 가졌던 것이었다.

유심히도 피곤한 날이었다.

오정때쯤은 되어서 아침들을 마치고 나른한 몸으로 층 아래 넓은 방에 모였을 때에 누구의 입에선지 이런 탄식이 새어나왔다.

"우리가 왜 이렇게 고생을 하는가."

말할 기맥조차 없는 듯이 모두 잠자코 있는 가운데에 봉선이라는 좀 나이 어린 창기가 뛰어나서며 말하였다.

"너나 내나 팔자가 기박해서 그렇지 않으냐? 그야 남처럼 버젓한 남편을 섬겨서 아들딸 낳고 잘살고 싶은 생각이야 누가 없겠니마는 타고 난 팔자가 기박한 것을 어떻게 하니."

무엇을 생각하는지 한참이나 잠자코 있던 부영이라는 나이찬 창기가 이 말에 찬동하지 못하겠다는 듯이 항의를 하였다.

"팔자가 다 무어냐? 다같이 이목구비를 갖추고 무엇이 남만 못해서 부모를 버리고 동기를 잃고, 고향을 떠나 이 짓까지 하게 되었단 말이냐. 이렇게 많은 사람이 왜 모두 그런 기박한 팔자만 타고 났겠니?"

"그것이 다 팔자 탓이 아니냐?"

"그래도 너는 팔자구나. 아무리 생각해도 나는 팔자밖에 우리를 요렇게 맨들어 놓은 무엇이 있는 것 같더라."

경상도 어느 시골서 새로 팔려와 밤마다의 울음과 매에 지친 채봉이가 뛰어 나서면서 쉬인 목소리로 외쳤다.

"내 세상에 보다보다 x팔아먹는 놈의 장사 처음 보았다. 문둥이 같은 놈의 세상!"

눈물 많은 그는 제 입으로 나온 이 말에 벌써 감동이 되어 눈에 눈물이 글썽하였다.

부영이가 그 뒤를 이었다.

"그래 채봉이 마따나 문둥이 같은 놈의 세상! 우리를 요렇게 맨들어 논 것이 기박한 팔자가 아니라 이 문둥이 같은 놈의 세상이란다."

"세상이 우리를 기구하게 맨들었단 말이냐?"

봉선이는 미심한 듯하였다.

"그렇지 않으냐. 생각해 보려므나. 애초에 우리가 이리로 넘어 올 때에 계약인지 무엇인지 해가지구 우리를 팔아먹은 놈이 누구며 지금 우리가 버는 돈을 푼푼히 뺏어내는 놈은 누구냐. 밤마다 피를 말리우고 살을 팔면서도 우리야 돈 한푼 얻어 보았니?"

"그야 그렇지."

"한 사람이 하룻밤에 적어도 육원씩만 번다고 하여도 우리 여덟 사람이 벌써 근 오십원 돈을 버는구나. 그 오십원 돈이 다 뉘 주머니 속에 들어가고 마니? 하루에 단 오원어치고 못 얻어 먹으면서 우리 여덟이 애쓰고 벌어서 생판 모르는 남 좋은 일만 시켜 주지 않았니."

한참이나 있다가 봉선이가 탄식하였다.

"그러고 보니 우리가 멍텅구리가 아니냐?"

"암 그렇구 말구. 우리는 사람이 아니고 물건이란다. 놈들의 농간으로 이리저리 팔려 다니며 피를 짜 놈들을 살찌게 하는 물건이란다."

"니 정말 그런고?"

"생각해 봐라. 곰곰이 생각해 보려므나 안 그런가."

"그럼 우리가 멀건 천치 아이가."

"천치란다. 멀건 천치란다. 팔자가 기박하고 이목구

비가 남만 못한 것이 아니라 이런 천치 짓을 하는 우리가 못났단다.”

“……”

“우리가 사람 같은 대접을 받어 왔나 생각해 봐라. 개나 돼지보다도 더 천하게 여기어 오지 않았니.”

부영이의 목소리는 어쩐지 여기서 떨렸다.

“먹고 싶은 것 먹어 봤니, 놀고 싶을 때 놀아 봤니? 앓을 때에 미음 한 술 약 한 모금 얻어먹었니? 처음 들어오면 매질과 눈물에 세상이 어둡고 기한이 되어도 내놓지 않는구나.”

어느덧 그의 눈에는 눈물이 돌았다. 그러나 떨리는 목소리로 여전히 계속하였다.

“저 명자만 해두 올 때에 계약한 돈을 다 벌어주지 않었니 그리고 기한이 넘은 지도 벌써 두 달이 아니냐. 그런데두 주인은 어데 내놓나 보아라. 한 방울이라도 더 우려내고 한 푼이라도 더 뜯어낼려고 꼭 잡고 내놓지 않는구나."

이 소리를 듣는 명자의 눈에는 눈물이 괴었다. 기어
코 참을 수 없이 그만 울음이 터져 나오고야 말았다.
채봉이도 따라 울었다.
나 어린 봉선이는 설움을 못 이겨서 몸부림을 치면
서 흑흑 느끼기까지 하였다.

이렇게 하여 이윽고 각각 설운 처지를 회상하는 그
들은 일제히 울어 버리고야 말았던 것이다.
부영이만은 입술을 징긋이 깨물고 울음을 억제하면
서 말 뒤를 이었다.

"우리는 사람이 아니다. 이 개나 돼지만도 못한 천대를
너희들은 더 참을 수 있니, 꾸역꾸역 더 참을 수 있겠니?"
"…"
"참을 수 없으면 어이하노."

채봉이는 눈물 섞인 목소리로 한탄하였다.
부영이는 한참 동안이나 대답이 없었다.

그러다가 마침내 그는 좌중을 돌아보면서

"울지들 말아라. 울면 무엇하니."

하고 고요히 심장에서 울려내는 듯이 한 마디 또렷
또렷이 뱉아냈다.

"울지 말고 우리 한번 해보자!"
"무얼 해보노?"
"우리 여덟이 짜고 주인과 한번 해보자!"
"해보다니 어떻게 한단 말이냐?"

눈물어린 얼굴들이 일제히 부엉이를 향하였다.

"우리 원이 많지 않으냐. 그 원을 들어 달라고 주인
한테 떼써 보자꾸나."
"우리 원을 주인이 들어준다디?"

채봉이 생각에는 얼토당토 않은 듯하였다.

"그러니까 떼써서 안들어 주면 우리는 우리 할대로 하잔 말이다."

"우리 할대로?"

눈물에 젖은 눈들이 의아하여서 다시 부영이를 바라보았다.

"모두 짜고 말을 안 들어주면 그만이 아니냐. 돈을 안 벌어주면 그만이 아니냐."

"그렇게 하게 하겠니?"

"일제히 결심하고 죽어도 말 안 듣는데 저인들 어떻게 한단 말이냐."

"옳지!"

"그렇지!"

그들은 차차 알아들 갔다.

마침내 부영이의 설명과 방침을 잘 새겨 들은 그들은 두 손을 들고 기쁨에 넘쳐서 뛰고 외쳤다.

"좋다!"

"좋다!"

"부영아 이년아 니 어디서 그런 생각 배웠나"

"그전에 공장에 다니던 우리 오빠에게서 들었단다. 그때 공장에서도 그렇게 해서 월급 오르고 일 시간 적어지고 망나니 감독까지 내쫓았다드라"

"니 이년아 맹랑하다"

"우리도 하자!"

"하자!"

"하자!"

수많은 가냘픈 주먹이 꿋꿋이 쥐이고 눈물에 흐렸던 방안은 이제 계획과 광명에 활짝 개어 올랐다. 이렇게 하여 결국 그들은 어여쁜 결심을 한 끝에 맺어 일을 단행하게 되었다. 이때까지 이 세상에서 받아온 학대에 크나큰 원한과 분이 이제 이 집 주인과의 대항이라는 한 구체적 형식으로 표현되었던 것이다.

처음인 그들은 일의 교섭을 부영이에게 일임하였다. 부영이는 전에 오빠에게서 들은 것이 있어서 구두로 주인과 담판하기를 피하고 오빠들의 예를 본받아서 요구서 비슷한 것을 작성하기로 하였다.

여덟 사람 입에서 나오는 수많은 조목 중에서 대강 다음과 같은 요구의 조목을 추려서 능치는 못하나 대강 읽을 줄 알고 쓸 줄 아는 부영이는 한 장의 종이를 도톨도톨한 다다미 위에 놓은 채 그 위에 연필로 공을 들여서 내려 적었다.

- 기한 넘은 명자를 하루라도 속히 내놓을 일.
- 영업시간은 오후 여섯시부터 새로 두시까지로 할 일.(즉 두시 이후에는 손님을 더 들이지 말일.)
- 낮 동안에는 외출을 마음대로 시킬 일.
- 한달에 하루씩 놀릴 일.
- 처음 들어온 사람을 매질하지 말 일.
- 앓을 때에는 낫도록 치료를 하여 줄 일.

이렇게 여섯 가지 조목을 적고 그 다음에 만약 이 조목의 요구를 하나라도 안 들어주면 동맹하여 손님을 안 받겠다는 뜻을 간단히 쓰고 끝에 여덟 사람의 이름을 연서하고 각각 제 이름 밑에 지장을 찍었다.

다 쓴 뒤에 부영이가 한번 읽어 주었다. 제 입으로 한 마디 떠듬떠듬 뜯어들 읽기도 하였다.

다 읽은 뒤에 그들은 벌써 일이 다 되고 주인이 굽실굽실 끌려오는 듯 하여서 손을 치고 소리 지르고 한없이 기뻐들 하였다. 전에는 생각지도 못하였던 합력의 공이 끔찍이도 큰 것을 처음으로 안 것도 기쁜 일이었다.

뛰고 붙으고 마음껏 기뻐들 한 끝에 그들은 제비를 뽑아서 공을 집은 사람이 요구서를 주인한테 가지고 가서 내기로 하였다.

"아 요런 년들"
"아니꼬운 년들 다보겠다"
"되지 못한 년들"
"주제넘은 년들"

주인 양주는 팔짝팔짝 뛰면서 번차례로 외치면서 방으로 쫓아왔다.

"같지 않은 년들 이것이 다 무어냐?"

요구서가 약 오른 그의 손끝에서 바르르 떨렸다.

"너이 할 일이나 하구 애초에 작정한 돈이나 벌어주면 그만이지 요 꼴들에 요건 다 무어냐?"

한 사람 한 사람씩 노리면서 그는 떨리는 손으로 요구서를 쪽쪽 찢어 버렸다.

"되지 못한 년들 일일이 너희들 시중만 들란 말이냐? 돈은 눈꼽만큼 벌어주고 큰소리가 무슨 큰소리냐?"

분은 터져 오르나 주인의 암팡스런 권막에 모두들 잠자코 있는 사이에 참고 있던 부영이가 마침내 입을 열었다.

"당신이 그럼 우리를 사람으로 대접해 왔단 말요?"
"이년아 그럼 너희들을 부자집 아가씨처럼 대접하란 말이냐?"
"부자집 아가씨구 빌어먹을 것이구 당신이 우리를 개나 돼지 만큼이나 여겨왔오?"

"그렇게 호강하고 싶은 년들이 애초에 팔려 오기는 왜 팔려 왔단 말이냐?"

"우리가 팔려오고 싶어 팔려 왔오?"

"그러게 말이다. 한껏 이런 데 팔려오는 너이 년들이 무슨 건방진 소리냐 말이다"

"이런 데 팔려오는 사람은 다 죽을 거란 말요. 너무 괄세 말구려"

"요 꼴들에 괄세는 다 무어냐 같지 않게"

"같지 않다는 건 다 무어야?"

"아 요런 년 버릇없이"

팔짝 뛰면서 그는 부영이의 따귀를 찰싹 갈겼다.

순간 약오른 그들의 얼굴에는 핏대가 쭉 뻗쳐 올랐다.

"이놈아 왜 치니?"

"무슨 재세로 사람을 함부로 치느냐?"

"너한테 매어만 지낼 줄 알었더냐?"

"발길 놈아"

"죽일 놈아"

그들은 약속한 바 없었으나 약속하였던 것같이 일제히 일어서서 소리 높이 발악을 하였다.

"하 같지 않은 것들"

주인은 같지 않아서보다도 예기치 아니한 소리 높은 발악에 기를 뺏겨서 목소리를 낮추고 주춤 물러섰다.

"이때까지의 너희들 먹여 살린 것이 누구냐. 은혜도 모르고 너희들이 그래야 옳단 말이냐?"

"은혜? 같지 않다. 누가 누구의 은혜를 입었단 말이냐?"

"배가 부르니까 괜듯만 싶으냐. 밥알이 창자 속에 곤두서니까 너희들 세상만 싶으냐?"

"두말 말고 우리 말을 들어줄려면 주고 안 들어줄려면 그만이고 생각대로 하구려"

"흥 누가 몸이 다나 두고 보자. 굶어 죽거나 말거나 이년들 밥 한 술 주나봐라"

이렇게 위협하면서 주인은 방을 나가 버렸다.

"원 나중엔 별것들 다보겠네"

한쪽 구석에 말없이 서 있던 주인 여편네도 중얼거리며 따라 나갔다.

이렇게 하여 주인과 대전한 지 사흘이었다. 식료는 온전히 끊기었었다.

사흘 동안 속에 곡식 한 톨 넣지 못한 그들은 기맥이 쇠진하였다.

오늘도 명자는 이층 한구석 제 방에서 엎드려 울기만 하였다.

며칠 동안 손님을 안 받으니 몸이 거뿐하기는 하였으나 그 대신 배가 고파 견딜 수가 없었다.

"공연히 이 짓을 했지. 이 탓으로 나갈 기한이 더 늦어지면 어떻게 하나"

고픈 배를 부둥켜 안고 엎드렸다 일어났다 하면서 그는 걱정하였다.

이 생각 저 생각에 설워지면 품에 지닌 사진을 몇번

이고 몇번이고 꺼내 보았다. 사진을 들여다보면 그는 때 없이 한바탕 울고야 말았다. 그러나 눈물이 마를 만하면 그는 또 다시 사진을 꺼내보았다.

이 지옥에 들어온 지 삼년 동안 그 사진만이 그의 유일한 동무였고 위안이었다. 그것은 정든 님의 사진이 아니라 그의 어렸을 때의 집안 식구와 같이 박은 것이었 다.(그의 집안은 그때에는 남부럽지 않게 살았던 것이다). 아버지 어머니가 뒤에 서고 그는 어린 동생들과 손을 잡 고 앞줄에 서서 박은 것이다. 추석날 읍에서 사진장이가 들어왔을 때에 머리 빗고 새옷 입고 박은 것이다. 벌써 칠년 전이다. 그후에 어찌 함인지 가운이 기울기 시작하 여 집에 화재가 난다, 땅이 떠내려간다 하여 불과 사년동 안에 가게가 폭삭 주저앉았던 것이다. 그리하여 삼년 전 에 서리서리 뒤틀린 괴상한 연줄로 명자가 이리로 넘어 오게까지 되었었다. 고향을 끌려 나올 때에 단 한 가지 몸에 지니고 나온 것이 곧 이 한 장의 사진이었다.

어머니 아버지가 보고 싶을 때마다 동생들이 생각 날 때마다 그는 사진을 내보고 실컷 울었다. 집도 절도 없는 고향에 지금 아버지 어머니가 있을 리 만무 할 것이다. 그릇 이고, 쪽박 차고, 알지 못하는 마을을 헤매이고 있을는지도 모른다. 그러나 그것도 저것도 고향에 가야 알 것이다. 얼른 고향에 가야 그들의 간 곳도 찾아 낼 수 있을 것이다.

이렇게 생각하는 그는 하루도 몇번 사진과 눈씨름 하면서 얼른 삼년이 지나 계약한 기한이 오기만 고대하였다. 그러나 삼년이 지나 기한이 넘어도 주인을 그를 내놓으려고 하지 않았다.

이 생각 저 생각에 분하고 원통하여서 오늘도 종일 그는 사진을 보며 울기만 하였다.

사진보고 생각하고 울고 하는 동안에 오늘 하루도 다 가고 어느새 밤이 되었다.

명자는 눈물을 씻고 일어나서 카텐을 열었다.

창 밖에는 넓은 장안이 끝없이 깔렸고 암흑의 거리 거리가 층층의 생활을 집어삼키고 바다같이 깊다.

그 속에 수만은 등불이 초저녁의 별같이 쏟아져서 깜박깜박 사람을 부르는 듯 하였다.

명자는 창을 열고 찬 야기를 쏘이면서 시름없이 거리를 내려다보았다.

그 속은 어쩐지 자유로울 것 같았다. 속히 이곳을 벗어나 저 속에 마음껏 헤엄쳐볼까 하고도 그는 생각하였다.

매력 있는 거리를 한참이나 바라보다가 그는 다시 창을 닫고 카텐을 쳤다.

새삼스럽게 기갈이 복받쳐 왔다.

그는 그 길로 바로 곧은 층층대를 타고 내려가 층아랫방으로 갔다.

넓은 방에는 사흘 동안의 단식에 눈이 푹 꺼진 동무들이 맥없이 눕기도 하고 혹은 말없이 앉았기도 하였다.

"배고파 못 살겠다"

명자는 더 참을 수 없어 항복하여 버렸다.

말없는 그들도 따라서 외쳤다.

"속쓰리다"

"배고프다"

"이게 무슨 못할 짓인고"

"x을 팔면 팔지 내가 배 곯구는 몬 살겠다"

누웠던 부영이가 일어나서 그들을 진정시키고 쇠진한 의기를 채질하였다.

"사흘 동안 굶어서 설마 죽겠지. 옛날의 영악한 사람은 한 달이나 굶어도 늠실하였다드라"

"옛날은 옛날이고 지금은 지금이 아니냐!"

"지금 사람이 더 영악해야 하잖겠니. 저의가 아수운가 우리가 꿀리나 어데 더 참어 보자꾸나"

부영이가 이렇게 말하면,

"죽든지 살든지 해보자!"

"더 참어 보자!"

하는 한패와 그래도,

"못 살겠다"

"못 견디겠다"

하는 패가 있었다.

"그다지도 고프냐?"

부영이는 이제 더 달래갈 수는 없었다.

"눈이 뒤집히는 것 같고 몸이 뒤틀리는 것 같애서
못 살겠다"
"그럼 있는 대로 모아서 요기라도 하자꾸나"

부영이는 치마춤을 뒤지더니 백통전을 두어 닢 방바
닥에 던졌다.

"자 너이들도 있는 대로 내놓아라, 보자"

치마춤에서들 백통전이 한 닢 두 닢씩 방바닥에 떨
어졌다.
그것은 손님을 받을 때에만 가외로 한 닢 두 닢 얻

어둔 것이었다.

볼 동안에 여남은 닢 모인 백통전을 긁어 모아서 부영이는 채봉이에게 주었다.

"자! 너 좀 가서 무엇이든지 먹을 것을 사오려므나"

채봉이는 돈을 가지고 건너편 가게에 나가서 두 팔에 수북이 빵을 사들고 들어왔다.

"년들 맹랑하거든"

하루도 채 못 가 항복하리라고 생각한 것이 사흘이나 끌어 왔으니 주인을 놀라지 않을 수 없었다. 년들의 소행이 괘씸하기도 하였으나 애초에 잘 달래 놓을 것을 그런 줄 모르고 뻗대 온 것이 큰 실책인 듯도 생각되었다.

하룻밤이 아까운 이 시절에 사흘 밤이나, 문을 닫치는 것은 그에게 곧 막대한 손해를 의미한다. 더구나 다른 누보다도 유달리 번창하는 이 누이니만치 손해는 더욱

51

큰 것이다. 숫자적 타산이 언제든지 머리속을 떠날 새 없는 주인은 한 시간이 아까와 견딜 수 없었다. 더구나 밤이 시작됨을 따라 밖에서 더욱 요란하여지는 사내들 노래를 들으려니 한시도 더 참을 수 없어서 그는 또 방으로 쫓아 왔다.

"얘들 배 안 고프냐?"

목소리를 힘써 부드럽게 하였다.

"우리 배고프든 안 고프든 무슨 상관이요?"

용기를 얻은 봉선이는 대담스럽게 톡 쏘아부쳤다.

"공연히 그렇게 악만 쓰면 너이만 곯지 않느냐? 이를 때에 고분고분이 잘 들으려므나. 나중에 후회 말구"
"우리야 후회를 하든지 말든지 남의 걱정 퍽 하우"

이제 빵으로 배를 다진 그들은 쉽게 넘어가지는 않았다.

"제발 그만들 마음을 돌려라"

"그럼 우리의 원을 들어주겠단 말요"

"아예 그런 딴소리는 말고 밥들이나 먹고 할 일들이나 해라"

"딴소리가 다 무어요. 우리의 원을 들어주겠느냐 안 들어주겠느냐 말요"

"자 일어들 나거라. 벌써 사흘 밤이 아니냐?"

"사흘 아니라 석 달이래도 우리는 원을 이루고야 말 테예요"

"글쎄 너이들 일이 됐니. 밥 먹여 살리는 주인한테 이렇게 대드는 법이 세상에 어데 있단 말이냐?"

"잔소리는 그만 두어요. 우리의 원을 들어 주겠으면 주고 싶으면 그만이지 딴소리가 웬 딴소리요"

부영이가 한 마디 한 마디 또박또박 캐서 들이 밀었다.

"너이 년들 말 안 들을 테냐?"

누그러졌던 주인이 별안간에 발끈하였다. 노기에 세

모진 눈이 노랗게 빛난다.

"얼리니까 괜듯만 싶어서 년들이"

"아따 얼리지 않으면 어떻게 할 테요. 어떻게 할 테
야?"

"그래도 그년이"

"그년이란 다 무어야"

"아 요런 년"

주인은 팔짝 뛰면서 부영이의 볼을 갈겼다. 픽 고꾸
라지는 그의 머리통을 뒤미처 갈기고 풀어진 머리채를
한 순에 감아 쥐면서 그는 큰소리로 위협하였다.

"이년들 다들 덤벼 봐라"

그러나 악오른 것은 그만이 아니었다. 동무가 이렇게
얻어 맞고 창피한 욕을 당하는 것을 보는 그들은 일시에
똑같이 분이 터져 올랐다. 전신에 새빨간 핏대가 쭉 뻗쳤
다. 그러나 너무도 악이 복받쳐서 한참 동안은 벌벌 떨기
만 하고 입이 붙어 말이 안 나왔다.

"이년들 다들 덤벼라"

놈은 머리채를 징긋이 감아 쥐면서 범같이 짖었다.

"이놈아 사람을 또 친단 말이냐"
"너 듣기 싫으면 피차 그만이지 왜 사람을 치느냐"
"몹쓸 놈아!"
"개 같은 놈아!"

맥은 없으나마 힘은 모자라나마 그들은 악과 분을 한데 모아 일제히 놈에게 달려 들었다. 놈의 옷자락도 붙들고 놈의 따귀도 치고 놈의 머리도 뜯고 놈의 다리에도 매달리고 놈의 살도 물어뜯고 그들은 악나는 대로 힘자라는 대로 벌떼같이 놈의 몸에 응겨 붙었다.

나이 찬 몸에 힘이 좀 부치기는 하였으나 원체 뼈대가 단단하고 매서운 사나이라 놈은 몸에 들러붙은 그들을 한 손으로 뿌리쳐 뜯기도 하고 발길로 차서 떨어뜨리기도 하면서 여전히 부영이의 머리채를 휘어잡은 채 이 구석 저 구석 넓은 방안을 질질 몰고 다녔다.

밑에서 밟히고 끌리는 부영이의 입에서는 피가 흘렀다. 이리저리 끌리는 대로 넓은 방바닥에 핏줄이 구불구불 고패를 쳤다.

이윽고 한쪽에서는 분을 못 이기는 울음소리가 터져 나왔다.

"몹쓸 놈아 쳐라"
"너도 사람의 종자냐?"
"벼락을 맞을 놈아!"
"혀를 빼물고 꺼꾸러져도 남지 않을 놈아!"
"사람을 죽이네!"
"순사를 불러라!"

그들은 소리를 다하고 악을 다하였다. 나중엔 주인 여편네가 기겁을 하고 쫓아왔다.
옷이 찢기고 멍이 들고 피가 흘렀다.
그것도 저것도 다 헤아리지 않고 그들은 온갖 힘을 다하여 이를 악물고 놈과 세상과 접전하였다.

"문 열어라"

"자고 가자"

밤이 익어감을 따라 문밖에서는 취객들의 외치는 소리가 쉴새 없이 높이 났다.

"다들 죽었니"

"명자야"

"부영아"

"채봉아"

문 두드리는 소리가 새를 두고 들렸다. 그래도 안에서 대답이 없으면 부서져라 하고 난폭하게 한참씩 흔들다가는 무엇이라고 욕지거리를 하면서 다른 곳으로 가버렸다.

이렇게 한 떼 가버리고 나면 다음에 또 한 떼가 나타났다.

"문 열어라"

"웬일이냐, 사흘이나!"

"봉선아"

"채봉아"

"봉선아"

방에서는 모두들 맥을 잃고 누웠었다.

극렬한 싸움 뒤에 피곤하였다느니보다도 실신한 듯이 잔약한 여병졸들은 피와 비린내와 난잡 속에 코를 막고 죽은 듯이 이리저리 눕고 있었다. 분이 나서 쌔근쌔근-하지도 못하였던 것이다. 그러기에는 너무나 기맥이 쇠진하였다. 말없이 죽은 듯이 그들은 다만 누워 있었다. 그러나 그들은 한 사람도 아직 그들이 졌다고는 생각하지 않았다. 잠시 피곤할 따름이다. 맥이 나면 놈과 또다시 싸워야 할 것이다고 그들은 생각하고 있었다.

"봉선아"

"내다. 봉선아"

"너 이년 나를 괄세하니?"

"봉선아"

"봉선아"

밖에서 부르는 소리가 하도 시끄럽기에 봉선이는 일어나서 방을 나가 문을 열었다.

"봉선아 너 이년 나를 몰라보니?"

하면서 달려드는 사내는 자기를 맡아 놓고 사주는 나지미였다. 그러나 봉선이는 오늘만은 그를 반가운 낯으로 대하지 않았다.

"아녜요. 오늘은 안돼요"

하면서 그를 붙드는 사내를 밀치고 문을 닫으려 하였다.

"안되긴 왜 안된단 말이냐? 사흘이나"

사내는 그를 붙들고 놓지 않았다.

"주인 녀석과 싸우고 벌이 않기로 했어요"
"주인과 싸웠어?"

사내들은 새삼스럽게 그의 찢긴 옷, 헝클어진 머리, 피 흔적을 자세히 들여다보았다.

"자, 다음날 오구 오늘들은 가세요"
"아니 왜 싸웠단 말이냐?"

"주인놈이 몹쓸 녀석이라우. 우리말을 들어 주기 전에는 우리가 일을 하나봐라"
"주인이 몹쓸 놈이어서 싸웠단 말이냐?"

봉선이는 주춤하고 뜰을 내려서서 목소리를 높였다.

"사람을 굶기고 그 위에 죽도록 얻어 맞고 피를 토한 동무들이 죽은 듯이 누워 있다우"

하면서 방을 가리키는 그의 눈에는 눈물이 핑 돌았다.
봉선이의 높은 목소리에 이웃집 문전에서 떠들고 흥정하고 노래하던 사내와 계집들이 한 사람 두 사람씩 옹기종기 이리로 모여 들었다.

봉선이는 설워서 견딜 수 없었다. 맡길 곳 없는 설움을 이제 이 많은 사람 앞에서 마음껏 하소연하여 보고 싶었다.

그는 뜰에 올라서서 두 손을 들고 고함을 쳤다.

"들어 보시오! 당신들도 피가 있거든 들어 보시오! 우리는 사람이 아니요? 우리가 사람 같은 대접을 받아온 줄 아오? 개나 돼지보다도 더 천대를 받아왔오. 당신네들이 우리의 몸을 살때에 한번이나 우리를 불쌍히 여겨본 적이 있었오? 우리는 개만도 못하고 돼지만도 못하고 먹고 싶은 것 먹어봤나, 놀고 싶을 때 놀아봤나, 앓을 때에 미음 한 술 약 한 모금 얻어 먹었나, 처음 들어오면 매질과 눈물에 세상이 어둡고 계약한 기한이 지나도 주인 놈이 내놓기를 하나. 한 방울이라도 더 우려내고 한푼이라도 더 뜯어내려고 꼭 잡고 내놓지 않는다. 우리는 사람이 아니다. 사람이 아니구 물건이다. 애초에 우리가 이리로 넘어올 때에 계약인지 무엇인지 해가지고 우리를 팔아먹은 놈 누구며, 지금 우리의 버는 돈을 한 푼 한 푼 빨아내는 놈은 누군가? 우리는 그놈들을 위해서 피를 짜내고 살을 말리우는 물건이다. 부모를 버리고 동기를 잃고 고향을 떠나 개나 돼지만도 못한 천대를 받게 한 것은 누구인가? 누구인가?"

그는 흥분이 되어서 그도 모르게 정신없이 이렇게 외쳤다. 며칠 전 부영이에게서 들어 두었던 말이 이제 그의 입에서 순서는 뒤바뀌었을망정 마치 제 속에서 우러나오는 말같이 한 마디 한 마디 뒤를 이어서 쏟아져 나왔던 것이다.

장황은 하나 그는 이것을 다 말하지 않고는 배길 수 없었다. 그는 여전히 흥분된 어조로 계속하였다.

"다같은 이목구비를 갖추고 무엇이 남보다 못나서 이 짓을 하게 되었나. 이 더러운 짓을 하게 되었는가. 남처럼 버젓하게 살지 못하고 왜 이렇게 되었는가? 우리의 팔자가 기박해서 그런가. 팔자가 무슨 빌어 먹을 놈의 팔잔가?"

사흘 전에 부영이에게 반대하여 팔자를 주장하던 그가 이제와서 확실히 팔자를 부정하였다. 그는 벌써 사흘 전의 그는 아니었다. 사흘 후인 이제 그는 똑바로 세상을 볼 줄 알았던 것이다.

"이 문둥이 같은 놈의 세상이, 놈들의 농간이, 우리를 이렇게 기구하게 만들지 않았는가?"

봉선이가 주먹을 쥐고 이렇게 높이 외치자 사람 숲에서는 여러 가지 소리가 들려오고 가운데에는 감동하여 손뼉 치는 사람도 있었다.

"옳다 !"
"고년 맹랑하다"
"똑똑하다"

같은 처지에 있으니만큼 그 중에 모여 섰던 이웃집 창기들에게는 봉선이의 말이 뼈속까지 젖어 들어가서 그들은 감격한 끝에 길게 한숨도 쉬고 남몰래 눈물도 씻으면서 얕은 목소리로 각각 탄식하였다.

"정말 우리는 사람이 아니다"

"개만도 못한 천대를 받아오지 않았니?"

"몹쓸 놈의 세상같으니"

맡길 곳 없는 설움을 이제 이렇게 뭇 사람 앞에서 마음껏 하소연한 봉선이의 속은 자못 시원하였다. 동시에 여러 사람 앞에서 한 번도 지껄여 본 적 없고 남이 하는 연설 한 마디를 들어 본 적 없는 무식하고 철모르던 그가 어느 틈에 이렇게 철이 들고 구변이 늘었는가를 생각하매 자기 스스로 은근히 탄복하지 않을 수 없었다.

그는 이를 악물고 높은 구변으로 계속하였다.

"우리는 이 천대를 더 참을 수 없다. 천치같이 더 속아 넘어갈 수 없다. 우리는 일제히 짜고 주인놈과 싸웠다. 놈은 우리의 말을 한 마디도 안들어 주고 우리를 사흘 동안이나 굶기면서 됩데 우리를 때리고 차고, 죽일 놈 같으니. 지금 저방에는 죽도록 얻어맞은 동무들이 피를 토하고 누워 있다. 저방에, 저방에"

하면서 가리키는 그의 손을 따라 사람들은 그쪽을

향하였다.

정신없이 지껄인 바람에 잠간 사라졌던 분이 이제 또다시 그의 가슴에 새삼스럽게 타올랐다. 그는 악을 다 하여 소리쳤다.

"주인놈이 죽일 놈이다. 우리가 다시 일을 하나봐라. 다시 이 짓을 하나봐라. 우리는 벌써 너에게 매인 몸이 아니다. 깍정이 같은 놈 다시 돈 벌어 주나봐라"

주인이 바로 눈앞에 있는 것처럼 그는 눈을 노리고 욕을 퍼부었다.

분통이 터져서 전신이 바르르 떨렸다.

"다시 일을 하나봐라. 이놈의 집에 이 더러운 놈의 집에 다시 있는가봐라"

그는 이제 집 그것을 저주하는 듯이 터지는 분과 떨리는 몸을 문에다 갖다 탁 부딪쳤다.

문살이 부서지면 유리가 깨뜨러졌다.

미친 사람같이 그는 허둥지둥 다시 일어나 땅에서 돌을 한 개 찾아 들더니 "봉학루"라고 쓰인 문 위에 달린 붉은 등을 겨누었다.

다음 순간 뎅그렁 하고 깨뜨려지는 홍등이 땅에 떨어지기가 무섭게 으싹 하고 조밥이 되어 버렸다.

해끗한 유리 조각이 주위에 팍삭 날고 집 앞은 순식간에 암흑으로 변하였다.

잠시 숨을 죽이고 그의 거동을 살피던 사람들은 어둠속에서 수물거리기 시작하였다.

"봉선아 너 미쳤구나 !"

"주인놈을 잡아내라 !"

"잘깼다. 질내 이놈의 짓을 하겠니?"

"동맹파업이다"

"잘했다 !"

"요 아래 추월루에서도 했다드라 !"

깨뜨려진 홍등, 어두운 문전을 중심으로 이 밤의 거리, 이 저자는 심히도 수물거리고 동요하였다.

3장

향수
········

찔레순이 퍼지고 화초포기가 살아났다고 해도 원체가 고양이 상판만큼 밖에 안 되는 뜰 안이라 자복이 깔아놓은 조약돌을 가리면 푸른 것 돋아나는 흙이라고는 대체 몇 줌이나 될 것인가. 늦여름에 해바라기가 솟아나고 국화나 우거지면 돌밭까지 가리워 버려 좁은 뜰 안은 오종종하게 더욱 협착해 보인다. 우러러보이는 하늘은 지붕과 판장에 가리워 쪽보만큼 작고 언덕아래 대동강을 굽어보려면 복도에서 제기를 디디고 서야만 된다.

이 소꿉질 장난감 같은 베이비 하우스에서 집을 다스리고 아이를 돌보고 몸을 건사해야 하는 아내의 처지라는 것을 생각하면 별수없이 새장 안의 신세밖에는 안 되어 보이면서 반날을 그래도 밖에서 지울 수 있는 남편의 자리에서 보면 측은히도 여겨진다.

　제 스스로 즐겨서 장안에 갇히워진 '죄수'라면 이 역
하는 수 없는 노릇, 누구를 탄하려면 남편된 입장으로서
나는 사실 같은 처지의 세상의 수많은 아내들에게 한 조
각의 미안한 생각이 없지 않다. 기껏해야 한달에 몇 번씩
영화구경을 동행하거나 거리의 식당에서 점심을 먹거나
하는 것쯤으로 목이 흐뭇이 축여질 리는 없는 것이요,
서양 영화에 나오는 넓은 집안과 사치한 일광실 속에서
환상에 잠기다가 일단 협착한 현실의 집으로 돌아올 때
차지 않는 속에 감질이 안 날 리가 없다. 현대의 무수한
소시민의 생활의 탄식은 참으로 부질없는 감질 속에 숨
어 있는 듯 싶다.

　아내의 건강이 어느 때부턴지 축나기 시작해서 눈
에 띠이게 되었을 때 나는 놀라며 그 원인을 역시 이 감
질에 구하는 수밖에는 없었다. 구미가 떨어지고 불면증
이 생기고 그 어딘지 없이 몸이 좋아들면서 하루 세 때
약그릇을 극진히 대한대야 하루 이틀에 되돌아서지도
않는 것이다. 의사도 이렇다 할 증세를 집어내지 못하는

것으로 보아서 나는 그 원인을 감질로 돌려서 도시 도회생활에서 오는 일종의 피곤증이라고 볼 수 밖에는 없었다.

삼십 평짜리 베이비 하우스에 피곤해진 것이다. 협착한 뜰에 숨이 막히고 살림살이에 지친 것이다. 그 위에 그의 신경을 한층 피곤하게 만든 것은 남편의 욕심이라고 할까. 세상의 남편들같이 고집스럽고 자유로운 욕심쟁이는 없다. 아내의 알뜰한 애정을 받으면서도 그 밖에 또 무엇을 자꾸만 구하는 것이다. 집에 들어서는 범사에 봉건 왕이요, 폭군 노릇을 하면서 마음속에는 항상 한없는 꿈과 욕망을 준비해 가지고는 새로운 밖 세상을 구해 마지 않는다. 참으로 그리마의 발보다도 많은 열 가닥 백 가닥의 마음의 촉수를 꾸미고 그 은실 금실의 끝끝마다 한 개의 세상을 생각하고 손 닿지 않는 먼 데 것을 그리워하고 화려한 무지개를 틀어 본다.

그 자기의 마음 세상 속에 아내는 한 발자국도 못 들어서게 하고 엄격하게 파수보면서 완전히 독립된 왕국을 몰래 다스려간다.

일생에 있어서 가장 가까운 아내가 그 왕국에서는 가장 먼 것이다. 이것이 세상 남편들의 어쩌는 수 없는 타고난 천성머리나 나 역 그런 부류에서 빠진다고는 생각하기 어려우며 세상에서 꼭 한 사람밖에는 없다고 생각해 주는 아내의 정성의 백의 하나도 갚지 못하게 됨을 부끄러워하지 않을 수 없다.

남자된 특권인 듯이도 부질없이 마음의 왕국을 세우면서 그것이 아내를 얼마나 상하게 하고 달게 하나를 눈으로 볼 때 날카로운 반성이 솟으며 불행한 것이 여자요, 악한 것이 남편이라는 생각만이 난다. 삼십 평 속에서 속을 달리고 신경을 일으켜 세우고 하는 동안에 아내는 몸이 어느 때부턴지도 모르게 피곤해진 것 같다. 나는 남편된 책임을 느끼고 과반의 허물을 깨달으면서 평화와 건강의 일을 생각하는 것이나 아무튼 도회의 삼십 평은 숨을 쉬기에는 너무도 촉박한 것이다. 이 촉박감이 마음을 한층 협착하게 하는 것이 사실이어서 어느 결엔지 막연히 그 무슨 넓은 것 활달한 것을 생각하게 되었을 때 아내는 하루아침 문득 계획을 말하는 것이었다.

"잠깐 시골이나 다녀오겠어요."

새삼스런 뚱딴지 같은 소리는 아니었다. 해마다 한 번쯤은 다녀오는 고향이었고 이번 길도 착상한지는 벌써 오래 그 동안에 현안중에 걸려 있었던 문제이다.

"몸두 쉬이구 집안 형편도 살필 겸."

그러나 막상 이렇게 현실의 문제로서 눈앞에 나타나고 보니 선뜻 작정하기도 어려워서,

"글쎄."

하고 얼뻥뻥하게 대답하는 수밖에는 없었다.

"제가 지금 제일 보고 싶은 게 무언데요. 울밑의 호박꽃, 강낭콩, 과수원의 꽈리, 바다로 열린 벌판, 벌판을 흐르는 안개, 안개 속의 원두꽃."
"남까지 유혹하려는 셈인가."
"제일 먹구 싶은 건 무어구요. 옥수수라나요. 옥수

73

수. 바알간 수염에 토실토실한 옥수수 이삭. 그걸 삐걱하구 비틀어 뜯을 때 그 소리 그 냄새. 생각나세요. 시골 것으로 그렇게 좋은 게 또 있어요. 치마폭에 그득이 뜯어 가지고 그걸 깔 때 삶을 때 먹을 때. 우유 맛이요, 어머니의 젖 맛이요, 그보다 웃질 가는 맛이 세상에 또 있어요. 지금 제일 먹구 싶은 게 옥수수예요. 바다에서 한창 잡힐 숭어보다두 뒤주 속의 엿보다두 무엇보다두.”

“혼자 내빼구 집안은 어떻게 하라구.”

그러나 마침 일가 아이가 와 있던 중이었고 아내의 시골행의 결심도 사실은 거기에서 생겼던 까닭에 이것은 하기는 헛 걱정이기는 했다.

“나 혼자 남겨 두구 맘이 달지 않을까.”

“에이구 어서 없는 새 실컷 군것질해두 좋아요. 얼마든지 하라지 지금에 시작된 일인가 머. 이제 다 꿈만하니.”

“큰소리한다. 언제 맘이 저렇게 열렸든구. 진작.”

장담은 해도 여린 아내의 마음이다. 두 마디째가

벌써 그의 마음을 호비는 것을 나는 안다. 눈썹을 찌푸리면서 그 말은 그만 그것으로 덮어 버리고 천연스럽게 말머리를 돌리는 아내의 눈치를 나는 더 상해서는 안된다.

"또 한 가지 이번 길의 이유로는."

다 듣지 않아도 나는 뜻을 짐작한다. 늘 말하는 일만 원 건인 것이다.

그의 어머니보다도 오빠가 용돈으로 일만 원을 약속한 것이다. 그것을 얻으러 가겠다는 말이다.

"만 원은 갖다 무얼 하게. 그까짓 남의 돈 누가 좋아할 줄 아나. 사람의 맘을 괜히 얽어 놓까 해서."

"앗다 큰소리 그만둬요. 돈보구 춤만 흘렸다봐라."

"지금 내게 그리울 게 무어게."

"그까짓 피아노 한 대 사놓고 장담 말아요."

"방안에 몇 권의 책이 있구 뜰 안에 몇 포기 꽃이 있으면 그만이지 또 무어가 필요한데."

반드시 시인을 본받아 그들의 시의 구절을 외인 것이 아니라 사실 이런 청빈의 성벽이 마음속에 없는 바가 아니다. 때때로 사치를 원할 때가 없는 것도 아니나 뒤를 이어 청빈에 대한 결벽이 자랑스럽게 솟군 한다. 이 두 마음 중의 어느것이 더 바른지는 헤아릴 수 없으나 두 가지 다 한 몫씩 자리를 잡고 있는 것은 사실이며 지금에 있어서는 사치에 대해서 일종의 경멸과 반감을 가지고 있는 것도 속임 없는 사실인 것이다. 허나 아내의 말이 바른 것이라면 그가 또 내 마음을 곁에서 한층 날카롭고 정직하게 관찰하고 있는지는 모르는 것이기는 하나.

"만 원에 한 장도 어김없이 가져올께 어서 이리같이 약탈이나 하지 마세요."
"내 마음 제발 이리 되지 맙소서!"

합장하는 나의 시늉을 흘겨보고는 아내는 그날부터 행장을 꾸리기에 정신이 없다. 행장이라야 지극히 간단한 것이나 잘고 빈틈없는 여자의 마음씨라 간 뒤의 집안 살림살이의 요령과 질서까지를 일가 아이에게 띄어 주고 거기에 맞도록 집안을 온통 한바탕 치우고 정돈하기에 여러 날이 걸리는 모양이었다. 눈에 뜨이리만치 말끔하게 거두어진 것을 나는 신기하게 바라보았다. 그러나 집안이 정돈된 것보다도 더 신기한 일이 생겼다. 떠나는 그날 저녁 거리에서 돌아온 아내의 자태에 일대 변혁이 생겼던 것이니 머리를 자르고 퍼머넨트를 건 것이다. 집안이 정리된 이상의 정리이었다. 멀끔하게 추려서는 고슬고슬 지져놓은 머리는 용모를 일변시켜 총명하고 개운한 자태로 만들어 놓았다. 굳이 펄쩍 뛰며 놀란 것은 없었던 것이 퍼머넨트에 대한 의론도 오래 전부터 있었던 것으로 층층대고 권한 장본인은 결국 내 자신이었던 까닭이다.

여자의 머리로서 퍼머넨트를 나는 오래 전부터 모든 비판을 떠나 아름다운 것으로 생각해 왔다. 모방이니 흉내니 한다면 이 땅에 그럼 현재 모방이 아니고 흉내가 아닌 무엇이 있단 말인가. 살로메가 요한의 머리를 형용해서 에돔 나라의 포도송이 같다고 한 머리 그것을 나는 남녀간의 머리의 미(美)의 극치라고 생각해 왔던 까닭에 아내의 머리에 그 운치를 베풀자는 것이었다. 내가 놀란 것은 도리어 아내의 그 결단성이었다. 아무리 층층대도 오랫동안 주저하고 머뭇거리던 것을 그날로 단행한 그 결단 성인 것이다.

그러나 거기에는 또 아내의 동무들의 실물교육이 직접 도와 힘이 된 모양도 같다. 집에 놀러오는 그들이 하나하나 그 풍습을 벗어난 사람이 없다.

아내가 그들이 보이는 모범에서 용기를 얻었을 것은 사실 어떻든 그날 저녁 그 변모로 나타난 아내의 자태에 비록 놀라지는 않았다고 해도 일종의 신기하고 청신한 느낌을 금할 수 없었던 것은 사실이다. 피곤하던 종래의 인상을 다소간이라도 떨쳐 버린 셈이요. 그 모든 아내의 행사는 결국 고달픈 피곤증에서 벗어나자는 일종의 회복책이었던 것이다.

도회의 피곤에서 향수를 느끼고 잠깐 전원으로 돌아가기로 결심한 그의 해방의 의욕의 표시이었던 것이다. 머리를 시원스럽게 자르고 삼십평을 떠나 넓은 전원의 천지에서 숨을 쉬자는 것이다. 바다로 열린 벌판에서 안개를 받고 원두꽃을 보고 풋옥수수를 먹자는 것이다. 내 자신 도회에 지쳐 밤낮으로 그것을 그리워하고 향수를 느끼고 하던 판에 원래부터 찬성하는 바이다.

아내의 전원행은 어느 결엔지 자연스럽게 응낙되었다. 같이 떠나지 못하는 것이 한될 뿐 별 수 없이 나는 서리우는 향수를 가슴속에 포개 넣은 채 마음속으로 시골을 그리는 수밖에는 없게 되었다.

이튿날로 아내는 짙은 옥색으로 단장하고 퍼머넨트를 날리고 홀가분한 몸으로 길을 떠나는 것이었으나 차창에서는 금시 눈물을 머금고 쉬이 돌아올 것을 거듭 말한다. 차가 굽이를 돌 때까지도 작아 가는 얼굴을 창으로 내놓고 손수건을 흔드는 것을 보고 는 그럴 것을 그럼 왜 떠나는구 하는 동정도 솟았으나 한편 이왕 떠나는 것이니 어서 실컷 시골 맛이나 맡고 몸이나 튼튼해져서 오라고 축수하는 나였다. 호박꽃 강낭콩 실컷 보고 옥수수 숭어 실컷 먹고 좀 거무잡잡한 얼굴로 돌아오기를 원하는 것이었다.

아내가 간 후 집안이 텅 비인 것 같고 삼십 평이 좁기는커녕 넓게만 여겨지면서 휑휑한 느낌을 금할 수 없었으나 그가 돌아오기를 기다리는 것도 또한 기쁨이 되었다.

일만 원이니 무어니 도시 아내의 꿈이란 것이 좁은 삼십 평의 세계 속에 묻혀 있게 된 까닭에 포태된 것인데 그의 꿈의 실마리도 이 집과 함께 시작된 것이다. 넓은 집을 바라는 곳에서 일만 원의 발설을 알뜰히 명심하게 되었고 그것이 은연중에 여행의 계획도 된 모양이었다. 행인지 불행인지 아내의 동무들이라는 것이 어찌어찌 모이다 나니 거개 수십만 대급에 가는 유한부인들로서 퍼머넨트의 실물교육을 하듯이 이들이 어린 아내에게 사치의 맛과 속세의 철학을 흠뻑 암시해 준 모양도 같다.

이웃에서는 며느리를 가진 안 늙은이들 입에 오르리만큼 소문이 나서 모범주부로 첫 손을 꼽게 된 아내라고는 해도 아직 스물을 조금밖에는 넘지 않은 어린 나이인 것이라 속세의 철학에 구미가 안 돌 리가 없다. 물욕에 대한 완전한 초월 해탈이라는 것은 산속에 숨어 있는 도승에게나 지당할는지 속세에 살면서 그것을 무시하기는 어려운 노릇이어서 적어도 사치 아닌 것보다는 사치에 마음이 기우는 것은 -여자뿐이 아니겠지만- 의 본성일 듯도 싶다.

그러나 사치의 한도란 대체 얼마인 것인가. 천에서 만족할 수 있으면 백에서도 만족할 수 있으려니와 천에서 만족하지 못할 때 만에선들 만족할 수 있을까. 필요한 것은 만이나 십만의 한계가 아니요, 천에서라도 만족할 수 있는 심정이 아닐까. 십만 대 급의 유한부인들의 철학을 나는 속으로 비웃으면서 아내의 일만 원의 일건을 위태하게 여기며 하회를 기다리는 것이었다.

아내의 친가는 결혼 당시만 해도 몇 십만 대의 호농으로 시골서는 뽐내는 편이었으나 그 시기에 농가의 몰락이란 헐어지는 돌담을 보는 것같이 빠르고 가엾은 것이었다.

재산이라는 것이 대개는 농토나 산림인 것을 무엇을 하노라고인지 은행과 회사에 모조리 넣은 것이 좀체 빠지지는 않아서 우물쭈물하는 동안에 한몫이 패여 나가기만 했다. 낙엽송의 묘포를 하느니 자동차회사를 경영하는 동안에 불끈 솟아오르지는 못하고 점점 쓸어만 가는 것이다. 일찍 아버지를 여의고 어머니와 두 남매. 아내와 오빠, 즉 이 오빠의 손에서 가산은 기우는 형세를 당했다. 눈에 보이지 않는 속에서 문덕문덕 나가기 시작한 것이 불과 몇 해가 안 지난 것 같은데 집안은 후줄하게 줄어들고 말았다. 도무지 때와 곳의 이를 얻지 못한 것이 보기에 딱할 지경이나 생각하면 등 뒤에 그 무슨 조화의 실이 이리 댕기고 저리 끌면서 농간을 부리는 것만 같아 어쩌는 수 없다는 느낌도 난다.

부근에 제지회사가 되면서부터 벌목이 성하게 된 까닭에 한 공장의 산이 유망하다고 그것을 잔뜩 바라고 있는 것이나 그것이 십만원에 팔릴 희망도 지금 같아서는 먼 듯하다. 아내는 오빠에게 이 산에서의 오만 원의 약속을 받은 것이나 어쩌랴. 아내의 꿈은 오빠의 운명과 발을 맞추지 않으면 안되게 되었다. 지금 당장의 일만 원이란 것도 필연코 읍 부근의 토지의 매매에서 솟을 것인 듯하나 이 역 운이 대단히 이로워야 차례질 몫일 듯 골패쪽의 장난 같이도 허황한 것이다.

일만 원이나 오만 원의 꿈은 어서 천천히 꾸기로 하고 시급한 건강이나 회복해 가지고 오라고 마음속으로 축원하고 있을 때 대망을 품고 고향으로 내려간 아내에게서는 며칠만에 간단한 편지가 왔다. 대망을 품은 폭으로는 흥분도 감격도 없는 담담한 서면이었다.

어머니의 흰 머리칼이 더 늘었다는 것과 둘째 조카딸이 어여쁘게 자란다는 것을 적어 보낸 것이다. 호박꽃 이야기도 과수원 이야기도 옥수수 이야기도 한마디 없는 것이요 도리어 놀란 것은 진찰한 결과 신경쇠약의 증세로 판명되었다는 것이다.

도회의 병원에서는 증세를 바로잡지 못하는 것이 왜 하필 시골 병원에서 판명된단 말인가. 신경쇠약의 선언을 받으려고 일부러 시골을 찾은 셈이던가. 만약 말과 같이 신경쇠약이라면 그 원인을 만든 내 허물이 한두 가지가 아닐 듯해서 애처로운 생각조차 났으나 어떻든 병이 병인만큼 일부러 전지요양도 하는 판에 시골을 찾은 것만은 잘되었다고 안심도 되었다. 살림 걱정도 잊어버리고 활달한 자연과 벗하고 지내는 동안에 차차 회복될 것으로 생각한 까닭이다. 될 수 있는 대로 오랫동안 지니고 간 약이나 먹으면서 마음 편히 지내기를 나는 회답하면서 마음속으로는 과수원도 거닐고 풋콩도 까고 조카아이들과 놀고 거리의 부인들과도 휩쓸리면서 모든 것 잊어버리고 유유히 지내고 있을 그의 자태를 상상해 보는 것이었다.

뒤를 이어 사흘도리로 편지가 오는 것이 어느 한 고패를 번기는 법이 없이 한가한 전원의 풍경을 – 그려 보내느냐 하면 그렇지도 않고 멀리 이곳 집안의 걱정과 살림살이의 주의를 편지마다 세밀히 적어 보낸다. 생선을 소포로 보내 온다 편지 봉투 속에 돈을 넣어 보낸다 하면서 면밀한 주의는 가려운 데 손이 닿을 지경이다. 그리고는 이곳에 대한 끊임없는 걱정과 조바심인 것이다.

향수를 못 잊어 고향을 찾는 그의 마음이니 응당 누그러지고 풀리고 놓여야 할 것임을 그같이 걱정이 자심하고야 누그러지기는 커녕 도리어 안타깝게 죄여드는 판이니 그러다가는 병을 고치기는 새로 도리어 더치기가 첩경일 듯싶었다. 혹을 떼러 갔다 혹을 붙여 올 것도 같다.

하기는 걱정이라면 내게도 걱정이 없는 것이 아니었고 무엇보다도 그를 보내고 나니 일상의 불편이 이루 한 두 가지가 아님을 당면하게 되었다.

아침 저녁으로 대하는 음식상으로부터 주머니 속에 드는 손수건 하나에 이르기까지가 손이 달라지니 불편하고 맞갖지 않은 것이다. 아내란 상 위의 찌개 그릇이요, 책상 위에 옥편이라고 할까. 무시로 눈에 띠일 때에는 심드렁해서 대수롭게 여기지도 않으나 일단 그것이 그 자리에 비인 때에는 가지가지의 불편이 뼈에 사무치게 알려지면서 그 값을 비로소 깨닫게 된다.

아내 없는 불편을 더구나 집안을 거느리고 있을 때의 그 불편을 절실히 느껴 가면서 웬만큼 정양하고 그만 돌아왔으면 하고 내 편에서도 느끼게 되었다.

대체 세상에서 마지막으로 편안하고 마음 놓을 곳이 어디인지 아무도 모르는 것일까. 그립고 안심을 얻을 마지막 안식처가 어디요 고향이 어디임을 말해 주는 이 없을 듯싶다. 내가 아내 없는 불편으로 해서 그렇게 안달을 하고 갈망을 하지 않아도 아내 편에서 도리어 조바심을 하고 제 스스로 또다시 돌아온 것이다. 별안간 전보를 치고는 그날로 떠난 것이었다. 불과 한달도 못되어서 협착하다고 버리고 간 도회를 다시 찾아왔다.

그리 원하던 옥수수 시절도 채 못 맞이하고 우유 맛이요 어머니의 젖 맛 같다던 그 즐기는 옥수수 한 이삭 먹어 보지 못한 채 도회에서는 좀 있으면 피서들을 떠난다고 법석들을 할 무더운 무렵에 무더운 도회로 다시 돌아온 것이다. 향수에 복받쳐 고향을 찾은 그에게 그리운 것이 또 무엇이 있던가. 향수란 결국 마지막 만족이 없는 영원한 마음의 장난인 것인가. 말할 것도 없이 아내는 고향에서 두 번째의 향수. 도회에 대한 향수를 느낀 것이다. 도회가 요번에는 고향 같이만 보였을 것이 사실이다.

시골로 떠날 때와 똑같은 설레고 분주한 심정으로 집을 떠나 삼십 평을 찾아든 것이다. 안타깝고 감질이 나던 삼십 평이 조촐하고 알맞은 안식처로 보였을 것이다. 모든 것이 뜰의 꽃 한 포기까지가 새롭고 귀하고 신기한 것으로 보였을 것이다. 집안의 구석구석이 시골보다도 나은 곳으로 보였을 것이다. 물론 한 해를 살아가는 동안에 피곤해지면 또 시골이 그리워질 것이요, 시골로 갔다가는 다시 또 이곳을 찾을 것이요, 향수는 차례차례로 나루를 찾은 나룻배같이 평생 동안 그칠 바를 모르는 것이다.

차에서 내리는 아내의 신색은 떠날 때보다 조금 나아진 것도 같고 되려 못해진 것도 같다. 퍼머넌트를 날리고 옷맵시가 개운하게 보이는 것은 떠날 때와 일반이나 어쨌든 올 곳에 왔다는 듯 얼굴에는 안도의 빛이 떠오른 것은 사실이다.

"그렇게 푸지게 있을걸 왜 그리 설레긴 했든구."

"어때요. 이만하면 얼굴 좀 그스렸죠. 군것질 너무 할까봐 걱정이 돼서

뛰어왔죠."

"그래 옥수수 먹을 동안두 못 참았어."

"수염이 바알개지는 걸 보구 왔어요. 익거든 철도편으로 두어 푸대 뜯어 보내라구 일러는 두었지만."

"이 가방 속에는 이게 모두 지전으로 만 원이 들어

찼으렷다."

"찰 뻔했어요."

아내는 조금 겸연쩍은 듯이 빙그레 웃으면서 재게
걷는다.

"일만 원의 꿈 깨트려지도다 아멘."

"노상에서 자세한 이야기를 드릴 수는 없으나 거리
에는 군대가 들어와 양식고가 선다구 땅 시세가 급작히
올라 발끈들 뒤집혔는데 철도를 가운데 두구 바른편 터
가 군용지로 작정되구 왼편 땅이 미끄러질 줄을 누가 알
았겠어요. 바로 작정되는 날까지두 어느 쪽으로 떨어질
줄을 몰라 수물들 거리다가 그 지경이 되구 보니 한편에
서는 좋아라구 뛰는 사람, 한편에서는 낙심해서 우는 사
람. 오빠는 사흘이나 조석을 굶구 헤매이는 꼴 차마 볼
수 있어야죠."

"아멘!"

"운이 박할 때는 할 수 없는 노릇 같아요. 다음 기회
를 노릴 수 밖에 어쩌는 수 있나요."

"안되기를 잘했지. 옳게 떨어졌다간 그 만 원 때문에

또 무슨 걱정이 생겼게. 거저 없는 것이 제일 편하다나."

사실 당치않은 꿈 깨어진 것이 도리어 마음 편하고 다행한 노릇이라고 생각한 것은 물질이 가져오는 자자무레한 근심을 잘 아는 까닭이었다. 현재 굳이 만 원이 없어도 좋은 것이다. 아내가 돌아온 것만으로도 불편하던 집이 피일 것 같아서 반가웠다. 고기를 놓친 것이 아까울 것도 애틋 할 것도 없이 빈손으로 간 아내가 빈손으로 온 것이 얼마나 시원한 노릇인지 모른다.

"두구 보세요 다음 기회는 영락없을 테니. 사람의 운이 한 번은 이로울 날 있겠지요."

"암, 꿈이란 자꾸 멀리 다가갈수록 좋은 것이라나. 그렇게 수월하게 잡혀선 값이 없거든."

집에 이르렀을 때 아내는 좁은 뜰 안에 한 걸음 들어서자 만면 희색을 띠이고 우거진 꽃 숲을 바라보는 것이었다.

"어느새 이렇게 만발이야. 카카리아 샐비어 프록수

애스터 달리아 국화 해바라기 온통 한창이니."

무지개를 보는 아이와도 같다. 조금 오도깝스럽게 수다스럽게 기쁨이란 그렇게 표현하는 것이 가장 정당한 듯도 싶다. 카카리아의 꽃망울 하나를 뜯어 가지고는 손가락으로 문질러 물을 들이고 향기를 맡고 하는 것이다.

"호박꽃보다 못하지 않지."
"호박꽃두 늘 보니까 싫증이 났어요. 흡사 새집 새 세상에 처음으로 온 것만 같아요."

복도로 뛰어올라서는 공연히 방안을 서성거리며 부엌을 기웃거리며 마루방을 쿵쿵거리며 현관문을 열어보며 제기를 디디고 언덕 아래 강을 굽어보며 흡사 새집으로 처음 들어온 신부의 날뛰는 양이다. 집을 한 바퀴 횅하니 살펴보고야 비로소 안심한 듯이 방에 와 앉으면서 놓이는 마음에 잠시는 어쩔 줄을 모르고 멍하니 뜰을 내다본다.

"다시는 시골을 간다구 발설을 하구 법석을 안 하렸다."

"시골을 다녀왔으니까 오늘의 이 기쁨이죠. 맘이 이렇게 편하구 기쁠때는 없어요."

그 즉시로 신경쇠약증이 떨어져 버린 듯이도 건강한 신색에 기쁨을 담고는 새로운 감동의 발견에 마음이 흐뭇이 차 있는 모양이었다. 그가 그날 찾아온 데는 삼십 평의 집이 아니라 삼만 평의 집이었던지도 모른다.

그날의 그보다 더 기쁠 사람이 또 있었을까.

4장

소라

......

하루에도 몇 차례씩 고깃배가 들어올 때마다 판매소 창고 앞은 모이는 사람들로 금시에 장판을 이룬다. 선창에 수북이 쌓인 고기를 혹은 그물채로 혹은 통에 담아서 창고에 옮기기가 바쁘게 포구의 여인들은 함지를 들고 모여들 든다. 판매소 서기가 장부를 들고 고기를 나누고 적고 할 때에는 어느덧 거의 고기만큼의 수효의 여인들이 그를 둘러싸고 만다. 고기와 사람의 산더미 속에서 허덕이면서 한 사람씩 한 사람씩 함지에 분부해 주면 여인들은 차례차례로 담아가지고는 그 길로 읍내로 향한다. 읍내 장터까지는 오릿길이다. 여인들은 하루에도 몇 차례씩 그 길을 그렇게 왕복함으로서 한 집안의 생계를 이어간다.

학수는 그 여인들 속에 그 어느 때라도 어머니의 자태를 보지 않을 때가 없다. 늙은 어머니에게는 한 마리의 나귀가 있었다. 망아지보다도 작고 등어리의 털이 거의 쓸려서 없어진 아마도 어머니의 연세만큼이나 늙었을 그 나귀가 어머니에게는 단 하나의 귀한 살림의 연장이었다. 늙은 낫세로는 부치는 근력에 함지를 이고 오릿길을 걷기는 힘들다. 어머니는 함지 대신 수레에 고기를 받아 가지고는 나귀를 몰고 읍냇길을 걷는 것이었다.

가는 길은 힘드나 오는 길은 비인 수레 속에 고기 대신에 몸을 얹고 가벼운 것이었다. 그 어머니의 양을 학수는 해변에 서서 혹은 뱃전에 의지해서 물끄러미 바라보는 것이다. 마음이 저리고 가슴이 아프지 않은 바는 아니었으나 그러나 불효니 무어니 그 이전의 절박한 문제로 학수의 가슴속은 가득 찼던 것이다. 읍내의 학교를 중도에서 나온 지도 반달이 가까우면서 아직도 어지러운 마음속을 정리도 못했거니와 나갈 길의 지향을 못 찾고 갈팡질팡하고 있는 중이다. 불역에 나와 서서 바다를 내다보고 판매소의 요란한 광경을 바라보고 하는 것이 결코 한가한 심사에서 나온 것이 아니라 마음속에는 겹

겹의 근심과 우울이 구름같이 피어오르는 것이었다.

어머니의 자태를 물끄러미 바라보는 것이 불효의 탓이 아니라 눈을 솔리는 것보다는 차라리 그 애쓰는 자태를 바라봄이 얼마간이라도 어머니의 짐을 덜어주자는 그런 뜻임은 물론이었다. 그러기 때문에 어머니가 나귀를 몰고 판매소 앞을 떠나 읍으로 향하는 큰길로 들어설 때에는 학수는 은근히 모래펄을 지나 밭둑에 나서서 멀어지는 어머니의 자태를 어느 때까지나 우두커니 바라보는 것이었다. 어머니는 이웃집 분녀와 동행하는 때가 많았다. 그런 때이면 둘이 무슨 이야기를 하는지 분녀는 함지를 인 채 나귀 옆에 서서 걸음을 같이하면서 자별스럽게 웃고 지껄이고 하였다.

그 정경을 학수는 더없이 귀엽고 부러운 것으로 여기면서 두 사람의 자태가 읍으로 향한 곧은 길 저편으로 까아맣게 사라질 때까지 시름없이 바라보곤 했다.

분녀와의 사이도 사실은 학수가 학교를 버린 후부터는 뒤틀리고 빗나가기가 일쑤였다. 앞으로 졸업을 일년 앞둔 모처럼의 길을 중간에서 접질리우고 말하자면 쫓겨

난 것이니 기대가 컸던 분녀에게 큰 실망을 주었을 것은 사실이었다. 농업학교를 마치면 보통학교의 삼종훈도나 금융조합의 서기쯤은 제물에 떼놓는 셈이다. 포구 사람들이 우러러볼 뿐이 아니라 읍내에서 제법 뽐을 내게 되었다.

일년이면 얻을 그 아름다운 결과를 학수는 조그만 불찰로 스스로 버리고 만 셈이다. 분녀와의 사이에는 그가 그렇게 출세했을 후의 언약이 피차에 은연중에 맺어졌던 것이다. 포구 사람들도 그것을 믿었고 분녀는 거기서 한층의 용기를 얻어 날마다의 일에도 힘이 맺히고 마음이 기뻤다. 그만큼 일단 일이 어그러졌을 때의 분녀의 믿은 타격은 컸고 마음은 무거워만 졌다. 그 당초에는 입맛을 잃고 며칠 동안은 일도 손에 잡히지 않는 지경으로 그때부터 학수와의 사이에는 말도 적어지고 사이도 점점 뜨게 되었다. 분녀의 마음도 괴로울 것이나 학수의 마음속은 더 말할 것 없이 괴롭고 무거운 채로 지금에 이른 것이다.

그렇다고 학수가 자진적으로 분녀에게 설명하고 원

하고 할 수도 없는 노릇이어서 그는 다만 괴로운 심사를 꾹 참고는 분녀의 자태를 멀리서 바라보는 버릇을 배웠을 뿐이다. 특히 그가 어머니의 나귀 옆에 서서 읍으로 동행할 때에는 그 화목스런 양이 마치 두 모녀의 양과도 같이 보였다. 학수는 괴로운 가운데에서도 남모를 일종의 위안을 움켜내면서 될 수 있으면 어머니의 혼잣길보다도 분녀와의 동행하는 것을 보려고 불역에서 그 기회를 은근히 살피고 엿보는 날이 요사이에 와서는 많아졌던 것이다.

책이 화였다. 그런 풍속이 시작되기는 벌써 여러 해 전부터였으니 그 줄을 알면서도 그 금단의 그물에 걸린 것이 온전히 자신의 실책임을 학수는 물론 깨닫기는 했다.

공교롭게 양잠당번이어서 하룻밤에 뜻 맞는 동무가 삼사 인이나 모이게 된 것이 불행의 근원인지도 모른다. 겨우 한잠을 자고 일어난 누에는 그다지 많은 뽕을 요구하지 않는다. 어슴푸레한 저녁 농장 뽕밭에 나가 한꺼번에 몇 바구니를 뜯어 오면 하룻밤의 누에의 양식으로는 충분하였다. 이 수월한 작업을 마쳤을 때 동무들은 한가

하게 밤 화단을 돌아보거나 우리 안의 소나 양을 희롱하
거나 임의였다.

학수는 가장 친한 동무 명재와 함께 화단 옆 잔디
위에서 무엇인지를 격렬하게 토론하다가 어두워 짐을 따
라 방에 들어갔을 때 두 사람 사이에는 별안간 말이 끊
어지면서 그 대신에 각각 간직했던 책을 내서 읽기 시작
했다. 긴장된 마음에 지나쳐 정신없이 독서에 열중하였던
탓일까. 밖에 누가 왔었는지 방에 별안간 들어온 것이
누구인지를 분별할 힘조차 창졸간에 없었던 것이다.

문제가 커져서 학수와 명재는 몇 차례씩 직원실에
불리워서는 많은 시선 앞에서 얼굴을 붉히고 말을 더듬
고 하지 않으면 안되었다. 그뿐이 아니었다. 명재는 읍내
의 집에서 학수는 오리나 떨어진 포구의 집에서 각각 담
임의 방문을 받았다. 설렐수록에 일이 벌어만 져서 결국
갈 데까지 가고야 말았다. 여러 날 동안의 불안이 있은
후에 학수와 명재는 기한 없는 금족을 당했고 근 달포의
금족의 기한이 끊어지자 마지막 통첩을 받게 되었다.

예측은 한 결말이었으나 너무도 큰 변에 처음에는 어안이 벙벙하였다. 하기는 처음부터 학교가 큰 희망에 넘치는 것도 아니오, 깨알쏟듯 재미있는 것도 아니기는 아니었다. 단지 일종의 습성으로 날마다의 판에 박은 듯한 일과로 다니게 될 뿐이었다. 남달리 지나쳐 일찍이 깨인 비애임을 그들은 잘 안다.

그러나 그들의 진짜 마음속은 그런 것이라고 하더라도 우선 발 디딜 곳을 잃어버렸음이 애틋했고 창졸간에 앞길에 대한 계책이 서지 않던 것이다. 예측하지 못한 커다란 우울이 엄습해 와서 어두운 장막을 눈 앞에 드리웠다. 더구나 학수는 분녀와의 미래를 생각할 때 더한층 괴롬이 컸다. 좁은 학교의 공기라는 것은 지나쳐 인색하고 답답하고 협착한 것으로 여기기는 했으나 그렇게 빨리 반대의 효과가 닥쳐 올 줄은 꿈꾸지 못했던 것이다.

인색하고 협착하다면 학수들이 그날 밤에 당한 변부터가 그런 것이었으나 평일에도 그는 네 활개를 펴고 시원한 공기를 마음껏 마셔 본 그런 적이 혹은 그런 감동을 받아본 적이 몇 해 동안에 한 번도 없었다. 늘 달팽

이같이 움츠리고 쪼그리고 감각과 신경과 지혜를 죽이고 허구한 날 그 무슨 꾸중과 벌을 기다리는 허물없는 어린 아이의 꼴이었다. 오죽하면 그 인색한 속에서 학수가 발견한 유일의 자유로운 천지라는 것이 그 기괴하고 야릇한 곳이었을까.

네 쪽의 벽으로 된 반평도 차지 못하는 공간이라면 세상 사람은 대체 무엇을 상상할까. 학수에게 가장 자유롭고 가장 너그럽고 가장 넓고 가장 신성하게 여겨진 그 세상을 세상 사람은 항용 생각지도 못하며 생각할 필요도 없는 것이다. 왜 그러냐 하면 학수에게 가장 자유롭고 신성한 그곳은 세상 사람에게는 가장 추접하고 구역나는 곳이니 말이다. 그 구역나고 추접한 아니 넓고 신성한 곳에 과즉 십분이나 이십분의 시간을 웅크리고 앉았을 때가 학수에게는 가장 자유로운 시간이었던 것이다.

주머니 속에 감추어 두었던 담배를 피우며 유유한 마음으로 생각에 잠겼다 벽의 낙서를 바라보았다 하는 것이 얼마나 즐거운지 모른다. 벽의 낙서는 반역의 표현이요, 한 사회의 평판의 기록이다. 낙서를 바라볼 때에 학수는 교내의 동향과 인물들의 평판을 한꺼번에 손안에 쥐일 수가 있었다. 참으로 그 야릇한 공간 안은 다른 동무에게도 같은 기쁨을 가져다 주고 같은 습관을 길러 주었는지는 모르나 학수에게는 교내에서 그 어느 곳보다도 즐거운 곳이었다.

양잠실에서 거북한 책도 그 속에서는 지극히 자유롭고 기할 것이 없었다. 펴든 책을 여러 장을 넘기는 동안에 정신은 통일되고 문리는 발라져서 학수는 필요 이상의 시간을 보내는 수가 많았고 차라리 그것을 원했다. 어떻든 가장 뜻있는 시간 가장 중요한 시간이 그 불과 몇 십분이었던 것이다. 하기는 그 별천지에도 간간이 변이 없지는 않았다.

하루는 글에 열중하였을 순간 별안간 밖에서 문이 열리는 바람에 기급을 하고 들었던 책을 떨어트려 아깝게도 어두운 밑 세상으로 장사지내 버린 적도 있기는 있었다. 밖에서 동무가 웃는 바람에 학수도 하는 수 없이 표정이 이지러지기는 했으나 이것이 그 속에서 받은 한

가닥의 수난이라면 수난이었다.

학교를 나온 후부터는 하염없이 바다를 바라보는 날이 늘어갔다.

모래언덕에 서서 쉴새없이 꿈틀거리는 창파를 바라보는 동안에 지난날의 인색하던 기억이 혹은 기쁘게 혹은 슬프게 마음 속에서 부서지고 사라져갔다.

맑은 모래펄이 포구에서 시작해서 바다의 후미를 몇 고패나 굽이굽이 돌아 남쪽으로 아련하게 연했고 모래펄 등으로는 해당화가 송이송이 푸른 전을 수놓았다. 그러므로 오라장간의 넓은 벌판이 뻗치고 벌판 끝에 읍내가 아물아물 보였다. 모래펄 밖으로 열린 바다. 바다는 무엇 하자고 왜 그리도 넓은가. 그 필요 이상으로 넓은 바다는 아마도 조물주가 잘못 만든 것이거나 그렇지 않으면 우주를 만들다가 지친 판에 귀찮다는 듯이 중도에서 그대로 버려둔 것이거나 라고 학수는 생각했다.

그러지 않다면 그 넓고 자유로운 세계의 설명이 마음속에 서지 않는 것이다. 바다 빛에는 층이 있어서 가까운 데는 희고 그 다음은 초록이요, 먼 곳은 푸른빛이어서 초록과 푸른빛과는 칼로 가른 듯이 구별이 확실했다. 초록바다 위에서는 갈매기가 날고 푸른 바다 위에는 어선과 발동선이 아물거렸으나 위대한 바다에 비기면 값없는 장난감같이 밖에는 보이지 않았다. 머언 수평선 위를 외줄기의 연기를 허공 위에 그리면서 기선이 지나는 때가 있었다.

끝에서 끝으로 기선이 사라질 때까지는 한 시간이 넘어 걸렸다. 기선은 움직이지 않고 한자리에 서 있는 듯했고 연기는 날리는 법없이 그림 속에서처럼 공중에 얼어붙은 것 같았다. 다만 기적소리만이 동안을 두고 뽀오 뽀오오 아련히 울려올 뿐이었다.

그만큼 바다는 넓었다. 비록 그다지 변화는 없다 하더라도 다만 한없이 넓은 그 탓으로만도 그 넓은 것을 사랑함으로서 학수는 진종일이라도 바다를 바라볼 수 있었고 그럼으로서 조금도 권태와 염증을 느끼는 법이 없었다. 모래언덕에 앉아서 혹은 불역에 내려서서 아침의 바다, 대낮의 바다, 저녁의 바다를 차례차례로 즐기고 맛

보고 하는 동안에 그는 그 속에서 그 무엇을 얻으려는 듯도 했다. 단조한 그 속이언만 자꾸만 들여다보는 동안에 그 무엇이 가슴속에 흘러오고 금시에 손에 잡힐 듯했다. 옛 시인이 반드시 바다에 대해서 그 무슨 영원한 것을 읊었을 것 같으며 그것이 무엇이었을까를 학수는 맨주먹으로 터득하려고 은연중에 마음이 설렜다.

다른 것은 모르나 지금까지의 세상에 비해서 바다는 얼마나 활달하며 그 뜻을 사람에게 전하고 가르쳐 주려고 하는가를 그는 쉽게 깨달을 수 있었다. 인색하고 협착하던 학교에 비겨서 얼마나 활달하고 너그러운가 바다는, 학교에서는 기껏해야 네 쪽의 벽으로 된 반평에도 차지 못하는 야릇한 공간에서 학수는 자유의 세상을 구하지 않았던가.

바다와 네 쪽의 벽과 이 얼마나의 차이인가. 바다는 그런 인색하고 추접한 세상과는 엄청나게 거리가 멀다. 기가 막히게 풍격이 위대하다. 학수는 전엔들 그것을 느끼지 못한 바는 아니었겠지만 요사이의 처지로서는 그것이 새로이 한 큰 발견과도 같은 기쁨을 가져왔다.

하루는 강천수 공장의 발동선을 탔다. 바다 밖에 늘일 덤장그물을 실은 어선을 여러 척 끌고 발동선은 저녁때는 되어서 포구를 떠났다. 아는 사공의 권고를 받아 학수는 소풍 겸 발동선에 올랐던 것이다. 그는 발동선에 대해서는 전부터 특별한 애착을 가지고 있었다. 이것만한 척 손에 넣을 수 있다면 학교고 무어고 집어치우고 바다에서 살아 볼까 하는 생각이 일찍부터 마음을 댕겼다. 어떻게 하면 천여 원을 손에 잡을 수 있을까, 그것으로 발동선을 살 수 있을까 하는 것이 항상 마음속에 어리우는 숙제였다.

학교를 마친다는 뜻도 결국은 발동선을 구하는 수단으로 하자는 뜻에 지나지 않았던지 모른다. 바다 복판에 섰을 때 거기서 한층 더 넓어지는 바다와 작아지는 포구와 읍내를 바라볼 때 학수는 육지에서 느낀 이상의 몇 곱절의 신기한 감상을 받았다. 바다는 모래언덕에서 볼 때의 바다보다도 제한없이 더욱더욱 넓어지고 열려져서 눈 닿는 바다는 가이 없었다.

바다는 무한대의 힘이요 자랑이었다. 그 속에 새 그

물을 던지고 그물안에 든 고기떼를 선창에 퍼 담는 그 경영이 또한 사람의 하는 일로서 그렇게 유유하고 의젓할 데는 없을 듯이 느껴졌다. 사람과 자연은 싸우는 것이 아니라 서로 조화되고 합치되는 것이라고 느껴졌다. 비록 싸움이 있다고 하더라도 사람과 사람의 싸움같이 그렇게 작고 좀스럽고 인색한 것은 아니다. 죽든지 살든지 간에 보람 있고 장하고 늠름한 것이다. 바다 밖에서 여러 시간을 지내는 동안에 학수는 일종의 묵시의 계시를 받은 듯 마음이 빛나고 그득 차고 만족스러웠다.

여러 척의 목선에는 고깃더미 수북이 쌓였고 학수의 마음속에는 묵시의 영감이 가득 넘쳐서 육지로 돌아오는 길은 한결 기쁘고 듬직한 것이었다. 발동선은 가벼운 폭음을 울렸고 사공들은 노래구절을 길게 뺐었다. 푸르고 붉은 깃발이 돛대 위에 날려 고기의 수확이 많음을 자랑했다. 황혼 속에 자욱한 바다를 건너 포구에 가까워 갈 때 육지에 아물거리는 사람들의 기쁨에 뛰노는 양이 눈에 어리었다. 불역에 가까워 감을 따라 마음도 뛰놀았으나 발동선 좁은 뱃기슭에 올라서서 포구의 사람들을 신기한 것으로 보고 있던 학수는 지나쳐 기뻤던 그날의 마지막 수확인 듯 불의에 발을 빗디디고 뱃전 밖으로 떨어졌다. 바닷물에 빠져 아닌 때 물세례를 받은 학수는 하는 수 없이 헤엄을 쳐서 멀어지는 배 뒷전을 따랐다. 옷이 물에 젖어서 몸이 무거웠다.

불역과의 거리가 가까웠으니 망정이지 좀더 멀었던들 헤엄쳐 나가기가 곤란하였을 것이다. 모래 위에 기어 올랐을 때에는 물에 빠진 거위라도 참혹한 꼴이었다. 그러나 그다지 불쾌한 생각 없이 그것도 하루 동안의 감격 대신에 받은 한 작은 귀여운 선물이라고 여기면서 사람의 틈을 빠져서 급하게 집으로 향하였다.

부엌일을 하던 어머니는 그 꼴을 결코 칭찬하지는 않았다. 꼴좋다 학교를 그만두더니 날로 주럽이 들구 꼬락서니가 사나워만 가는구나. 츨츨치 못한 것, 이 몸이 얼른 죽어야 저 꼴을 안보게 되지, 하는 어머니의 꾸중이 마음을 꼬치꼬치 찔렀다. 그렇게까지 싫은 소리를 할 어머니가 아니언만 요새의 고생과 불미한 자식의 보람없는 꼴을 보면 그것도 마땅하려니는 생각되나 그러나 학수의 마음속은 한없이 쓰리고 불쾌하였다. 그렇다고 대

꾸를 할 수도 없이 잠자코 또다시 퉁명스럽게 집을 나와
버렸다.

　사람의 세상이란 참으로 왜 이리도 인색한가. 중얼거
리면서 발 가는 곳이 역시 바다였다 갈아입지 . 못한 옷
이 무겁게 드리우고 물방울이 모래 위에 떨어졌다. 해변
은 어느덧 어두워지고 파도소리만이 변함없이 규칙적으
로 흘러왔다. 모래언덕에 섰을 때 어두운 바다는 한없이
멀고 깊고 장하게 눈앞에 가로누웠다. 조수냄새와 해초
냄새가 전신을 눅진하게 채워 주는 듯도 하다.

　그는 바닷바람을 몇 번이고 한껏 마셔 보았다. 그럴
수록에 그 무슨 한없는 큰 신비가 그 속에 숨어 있는 듯
이 느껴졌다. 무엇이 있어, 바다 속에는 반드시 그 무슨
큰 것이 있어. 사람을 호리는 장한 그 무엇이 있어. 그러
나 어떻게 하면 그것과 사람과를 조화시킬 수 있을까. 어
떻게 그 위대한 자연과 사람을 일치시킬 수 있을까. 학수
는 어둠 속을 노리면서 어느 때까지나 궁리에 잠겼다.

　하루는 무료한 판에 읍내를 들어갔다. 그 일이 있은

후 불쾌한 마음에 발을 끊고 까딱 출입을 금하고 있었던 것이나 오래간만에 명재도 만날 겸 집을 떠났던 것이다.

명재도 그 모양 그 주제였다. 얼굴이 얼마간 축난 듯도 했으나 그제나 이제나 별반 차가 없는 자태였다. 그 역 무료하던 판에 옷을 주섬주섬 걸치고 나왔다. 거리 밖 벌판으로 들어가 백양나무 아래에 두 사람은 앉았다.

먼 둑 위를 오후의 기차가 연기를 뽑으면 달았다. 기적소리가 산모롱이에 부딪쳐 야단스럽게 울려왔다. 사라지는 기차의 뒷모양을 우두커니 바라보던 명재가 별안간 입을 열었다. 빌어먹을, 달아나 날까,

그의 말에 의하면 서울 갈 계획이 틀어졌다는 것이다. 집안 형편이 학수같이 핍박하지는 않아서 학교를 나오게 되자 즉시 서울로 가서 공부를 계속할 작정이었던 것이 여러 가지를 서둘러 보아야 역시 지금 형편으로는 그것이 허락되지 않는다는 것이었다. 그것이 명재의 우울의 원인이었다.

빌어먹을, 달아나 날까. 이것이 홧김에 나오는 탄식이었다.

물론 학수도 같은 마음이었다. 어떻게 하면 막힌 앞길을 열어 볼까, 차라리 이 고장을 떠나면 그 무슨 길이 열리지나 않을까 하는 것이 핍박한 마음의 일시의 위안이었던 것이다. 바다를 접할 때에는 바다의 위력에 눌리워 그 매력에 취해 버리고 마나 벌판의 기차를 볼 때에는 그 또한 한가지의 신선한 매력이요 유혹이었다.

생각만 해야 답답하니 좀 걸어나 볼까, 해결 없는 무더운 공기에 견디기 어려워 학수는 명재를 재촉해서 벌판을 걸었다. 벌판은 활달하고 넓은 것이나 결국 사람의 생활을 그곳까지 연장시켜 볼 때 그곳 또한 답답하고 협착한 곳이 되었다. 인색하고 빽빽한 인간사를 귀찮고 불서러운 것으로 여기면서 두 사람은 어느 때까지나 풀밭을 거닐었다.

읍내에서 집으로 돌아가는 길 다릿목에서 우연히도 학수는 역시 읍내장에까지 갔다 오는 분녀를 만났다. 처음에는 양편에서 다 무죽거렸으나 결국은 말없는 속에서 나란히 서서 동행이 되었다. 비인 함지를 인 분녀의 걸음은 개운하고 빨랐다. 한참 동안이나 피차에 말이 없음을 괴롭게 여기는 판에 분녀가 먼저 입을 열어 읍내에는 무엇 하러 갔다 오느냐고 물었다.

명재를 만난 곡절을 이야기했을 때 분녀는 펄쩍 뛰면서, 만날 사람이 없어서 겨우 명재를 만났어, 끼리끼리 모인다구 그따위 부랑자 날탕 패와 사귀구 몰려다니니 학교까지 쫓겨났지, 그래두 심을 못 채리구 쫓아다니니 아직두 철이 안든 셈이지하고 명재에게 대한 욕과 학수에게 대한 비난을 센 입살로 한꺼번에 줏어댔다. 멋두 모르고 주제넘게 웬 잔소리야. 명재가 왜 어디가 나쁘단 말야. 왜 남만 못하단 말이야. 아무것두 모르는 거리 사람들의 하는 말을 그대로 받아 가지구는 경솔하게 야단이야하고 학수는 톡톡히 분녀를 꺾으려 했다.

그러나 분녀도 황고집을 부리면서 명재의 말이라면 사족을 못쓰듯 그에 대한 비난을 늘어놓고는 요번에 학수가 받은 봉변이 결국 명재가 깡충댄 탓이라는 것, 그에게서 애매하게 물들었다는 것을 말했다. 학수가 아무리 동무를 막아주려고 해도 분녀의 고집은 당할 수 없어 주춤하는 동안에 분녀는 한번 터진 입심으로 하고 싶은 말은 다 내섬기는 것이다. 나중에는 꺼내는 소리가 영진이의 이야기였다. 학수들보다는 한 해 앞선 그를 학교를 졸업하자 읍내 금융조합에 서기로 들어가 집안을 제법 옳게 다스려가는 것이었다.

분녀의 말을 빌면 위인이 어찌도 착실한지 조합 안에서나 거리에서도 신용을 얻어서 읍에서는 모범청년으로 들리게 되고 일년 동안이나 충실히 저축한 돈으로 얼마 안 가 잔치까지 하게 된다는 것이었다. 색시는 분녀의 동무 봉선이라는 것이다.

들으라는 듯이 높은 목소리로 지껄이는 분녀의 뜻을 학수가 모르는 바는 아니었고, 그의 답답한 심정을 추측하지 못하는 바는 아니었으나 다따가 영진이의 이야기를 그렇게 야단스럽게 늘어놓는 것을 참을 수 없이 불쾌히 여겼다. 홧김에 퉁명스럽게 한마디 툭 쏘는 소리가, 그럼 왜 대신 시집이래두 가지 하는 싫은

소리였다. 이 한마디가 고집스런 분녀의 마음을 찌

른 모양이었다.

　시집가구 말구 그만큼 착실한 사람에게 가게 되문 왜 안가겠어. 봉선이 신세가 오죽 부러운데. 부랑자들보다야 인금으로야 열 곱절 백 곱절 웃질이지하고 재빠르게 지껄이는 것이다. 학수의 마음이 편할 리 없다. 어째 또 한번 지껄여봐. 부랑자 누가 부랑자야하면서 노여운 마음에 주먹으로 분녀의 턱을 치받쳤다. 주춤하면서 서는 것을 이어 뺨을 두어 번 갈겼다.

　네까짓게 무어라구 무얼 믿구 그따위 큰소리를 탕탕해. 분김으로 되면 발길로 차버리고도 싶었다. 분녀는 얼굴이 새빨개지면서 그 자리에 푹 주저앉고 말았다. 한마디의 대꾸도 없을 뿐이 아니라 눈물이 빠지지 흐르면서 그만 울음이 터져 버렸다. 다시 그런 버릇했다봐라 큰소리를 한마디 남기고는 학수는 그를 다시 돌아보지도 않고 혼자 버덩길을 재게 걸어갔다.

　이 조그만 일이 있은 후로 학수의 마음은 더한층 괴로워졌다. 날이 지나자 곧 자기의 행동이 뉘우쳐지며 분녀에게 대한 거동이 과혹했던 것을 깨달았다. 결국 이 사건으로 해서 울적한 심사는 더한층 늘어갔을 뿐이다.

끼니만 지내면 바다에 나가게 되고 풀밭에 서면 그 자리에 엎드려서 엉엉 울고 싶은 충동조차 솟았다. 나날이 그것이 일과였고 그날이 전날의 연속이 되고 했으나 그러는 하룻날 우연히 읍내에서 명재가 찾아왔다. 풀밭에 앉아 바다를 내다볼 때 별안간 등뒤에 나타나 소리를 건 것이 명재였다.

서울 가는 것도 틀리구 이 계획 저 계획두 다 어그러진 판에 집구석에만 허구한 날 묻혀 있기두 울적해서 자네같이 날마다 바다로 나오기루 했네.

이리 기우르거나 저리 기우르거나 사람된 바에야 길이 열려지구 방법이 있겠지. 사람의 자식이 그렇게 근심과 걱정만 하구야 어찌 살겠나.

새옹마의 득실이라구 뒤틀린 길이 바로잡힐 날두 있겠지 설마 세상의 길이 그렇게 빽빽하구 군색한 것이겠나. 사람이나 쏘이면서 마음을 크게 먹을 도리나 배우

세 그려. 마치 며칠 동안에 사람이 변한 듯이도 서글서글하고 명랑한 어조로 명재는 이렇게 길게 내섬기면서 손에 들고 온 보자기를 내보인다. 학수는 자기 홀로의 우울에 잠겨 있던 판에 그의 사람이 변한 듯도 한 어조도 놀라운 것이었으나 내든 물건을 의아해 하면서 무엇이냐고 물었다.

자네가 새삼스럽게 놀랠 만한 별로 신기한 것은 아니나 그러나 대단히 뜻있고 중요한 것이네 하면서 명재는 보를앞에 내놓는 것이다. 그 형상으로서 대개 추측은 되었으나 그래도 선뜻 손을 대지 않고 대체 무엇이냐고 물었을 때, 명재는 빙그레 웃으면서 그제서야 보를 풀기 시작했다. 물건-그것은 하치않고 평범한 것이나 그 정신이 우리에게 용기와 힘을 주는 것이네-말이 끝날 때 보 속에서는 풋볼 한 개가 굴러 나왔다.

흠 하면서 학수가 그것을 물끄러미 바라볼 때 명재는, 자네는 아직두 이 뜻을 모르리, 하루 이틀 이것을 차보고 굴려보는 동안에 뜻을 알아 가리 하면서 그것을 사게 된 곡절을 학교에서 배우던 책을 통틀어 싸가지고 책점에서 팔아서 그 값으로 그 한 개의 볼을 샀다는 것을 이야기했다. 범연하게 들으면서 그때까지도 영문을 모르고 우두커니 앉았던 학수도 명재가 볼을 들고 일어서서 넓은 풀밭 위에서 한바탕 탕 차서 푸른 하늘 위로 까아맣게 올렸을 때 불현듯이 충동을 느끼면서 벌떡 자리를 차고 일어섰다. 두 사람이 볼을 차는 소리가 풀밭 위에 탕 탕 울렸다.

발끝에서 떨어지자 금시에 하늘 위로 솟아올라 맑은 푸른빛 속에 둥실 뜨는 그 탄력 있는 자태를 바라볼 때 학수는 차차 명재의 뜻이 알려지는 듯했다.

아까까지의 우울도 어느결엔지 사라지고 분녀와 어머니의 사정도 잊어버리고 오금에 솟는 힘이 근실근실 전신에 파도쳐 흘렀다. 또 한 가지 신기한 발견이었다. 볼에 찬 지 불과 십분이 못 되어서 그 탄력 있는 명랑한 볼 튀는 소리를 듣고 포구의 아이들이 몰려왔고 장정들도 어슬렁어슬렁 뒤를 따라 풀밭으로 물려드는 것이었다. 학교 운동장에서 볼을 찰 때와는 또 의미가 달랐다.

운동에 별반 흥미를 느끼지 못하던 학수가 이제 그

속에서 새로운 뜻을 길러내게 되었다. 아이들과 장정들도 어느덧 두 사람들의 경기 속에 들어들 와서 한데 휩쓸려서 유쾌하게 웃고 쓰러지고 지껄이고들 했다. 구르는 볼을 먼저 집은 사람이 힘껏 차올리면 볼은 쏜살같이 하늘로 쑤욱 솟는 것이다. 솟는다 솟는다. 까아맣게 솟는다.

하늘 위에 오른다. 볼과 함께 그것을 치어다보는 사람들의 마음들도 볼 동안에 하늘 위로 까아맣게 솟는 것이었다.

볼 차기가 시작된 후로 학수는 확실히 새로운 힘과 새로운 방법을 발견한 셈이었다. 참으로 예측하지 못했던 신기한 발견이었다.

명재는 날마다 읍내에서 오리 길을 혹은 걸어서 혹은 자전거로 나왔다. 두 사람이 볼을 가지고 풀밭에 이를 때면 반드시 아이들을 선두로 장정들이 모여든다. 사공의 김선달 박서방. 밭에서 최서방 이도령. 한가나 할 때면 수십 명의 장정이 볼 동안에 모여들었다. 볼 소리가 한번 울리기 시작하면 풀밭은 금시에 왁자지껄해지며 유쾌한 장마당으로 변한다.

어떤 때는 학수들은 포구를 떠나 슬며시 바위께로 이르는 고개를 넘어 온다. 포구에서 댓 마정 떨어진 곳이나 고개를 바로 넘은 곳에는 바다가 후미져 도는 아늑하고 고요한 풀밭이었다.

그곳까지도 사람들은 따라오는 것이었다. 두 시간 세 시간 차는 동안에는 사람들도 물론 차례차례로 다소간 갈리기는 했으나 처음부터 끝까지 화하는 사람도 많았다. 으슥한 후미 속에 볼 소리는 맑게 울리고 그 소리와 함께 사람들의 마음들도 유쾌하게 화하고 일치되었다.

볼이 울릴 때에는 마음도 울리고 볼이 설 때에는 마음도 섰다. 한바탕 차고 풀밭 위에 군데군데 앉아 쉴 때에도 뭇사람의 마음은 같은 생각 같은 방향으로 정지되었다.

잠자코 그 무엇을 기다리는 듯이 고요히들 앉았을

때에는 학수는 벌떡 일어서서 한자리 연설이라도 하고 싶은 그런 충동을 느꼈다. 그때이면 물론 집안일이고 분녀의 일이고 간에 그런 사소한 세상일은 씻은 듯이 마음속에서 자취없이 사라져 버리는 것이었다.

5장
장미 병들다
·················

싸움이라는 것을 허다하게 보아 왔으나 그렇게도 짧고 어처구니 없고, 그러면서도 싸움의 진리를 여실하게 드러낸 것은 드물었다. 받고 차고 찢고 고함치고 욕하고 발악하다가 나중에는 피차에 지쳐서 쓰러져 버리는 그런 싸움이 아니라 맞고 넘어지고 항복하고 그뿐이었다.

처음도 뒤도 없이 깨끗하고 선명하여서 마치 긴 이야기의 앞뒤를 잘라 버린 필름의 몇 토막과도 같이 신선한 인상을 주는 것이었다. 그 신선한 인상이 마치 영화관을 나와 그 길을 지나던 현보와 남죽 두 사람의 발을 문득 머무르게 하였는지도 모른다. 그러나 두 사람이 사람들 속에 한몫 끼여 섰을 때에는 싸움은 벌써 끝물이었다.

영화관, 음식점, 카페, 매약점 등이 어수선하게 즐비하여 있는 뒷거리 저녁때, 바로 주렴을 드리운 식당 문앞이었다. 그 식당의 쿡으로 보이는 흰 옷에 흰 주발모자를 얹은 두 사람의 싸움이었으나 한 사람은 육중한 장골이요, 한 사람은 까무 잡잡한 약질이어서, 하기는 그 체질에 벌써 승패가 달렸던지도 모른다. 대체 무엇이 싸움의 원인이며 원한의 근거였는지는 모르나 하루 아침에 문득 생긴 분김이 아니요, 오래 두고두고 엉겼던 불만의 화풀이임은 두 사람의 태도로써 족히 추측할 수 있었다.

말로 겨루다 못해 마지막 수단으로 주먹다짐에 맡기게 된 것임은 부락스런 두 사람의 주먹살에 나타났었으니 약질의 살기를 띤 암팡진 공격에 한번 주춤하였던 장골은 곱절의 힘을 주먹에 다져 쥐고 그의 면상을 오돌지게 윽박았다.

소리를 치며 뒤로 쓰러지는 바람에 문앞에 세웠던 나무분이 넘어지며 분이 깨뜨러지고 노가지나무가 솟아났다. 면상을 손으로 가리어 쥐고 비슬비슬 일어서서 달려들려 할 때 장골의 두 번째 주먹에 다시 무르게도 넘어지고 말았다. 땅 위에 문질러져서 얼굴은 두어 군데 검붉게 피가 배고 두 줄의 코피가 실오리 같은 가느다란 줄을 그으면서 흘렀다.

단번에 혼몽하게 지쳐서 쭉 늘어졌음에도 불구하고 약질은 간신히 몸을 세우고 다시 한번 개신개신 일어서서 장골에게 몸을 던지다가 장골이 날쌔게 몸을 피하는 바람에 걸어 보지도 못한 채 또 나가 쓰러지고 말았다.

한참이나 죽은 듯이 고요한 속에서 코만 흑흑 울리더니 마른 땅에는 금시에 피가 흘러 넓게 퍼지기 시작하였다.

"졌다!"

짧게 한마디.그러나 분한 듯이 외쳤으니 그것으로 싸움은 끝난 셈이었다.

"항복이냐?"

장골은 늠실도 하지 않고 마치 그 벅찬 힘과 마음에 티끌만큼의 영향도 받지 않은 듯이 유들유들하게 적수를 내려다보았다.

"힘이 부쳐 그렇지, 그리 쉽게 항복이야 하겠나."
"뼈다구에 힘 좀 맺히거든 다시 덤비렴."
"아무렴, 그때까지 네 목숨 하나 살려 둔다."

의젓하고 유유하게 대꾸하면서 약질이 피투성이의 얼굴을 넌지시 쳐들었을 때 현보는 그 끔찍한 꼴에 소름이 끼쳐서 모르는 결에 남죽의 소매를 끌었다. 남죽도 현장에서 얼굴을 피하며 재촉을 기다릴 겨를 없이 급히 발을 돌렸다. 한참 동안 말이 없었다. 우연히 목도하게 된 그 돌연한 장면에서 받은 감격이 너무도 컸다.

강하고 약하고, 이기고 지고 이 두 길뿐. 지극히 간단하다. 강약이 부동으로 억센 장골 앞에서는 약질은 욕을 보고 그 자리에 폭삭 쓰러져 버리는 그 한 장의 싸움 속에서 우연히 시대를 들여다본 듯하여서 너무도 짙은 암시에 현보는 마음이 얼떨떨하였다. 흡사 약질같이 자기

124

도 호되게 얻어맞고 피를 흘리며 쓰러져 있는 듯도 한 실감이 전신을 저리게 흘렀다.

"영화의 한 토막과도 같이 아름답지 않아요? 슬프지 않아요?"

역시 그 장면에서 받은 감동을 말하는 남죽의 눈에는 눈물이 어리어 보였다. 아름답다는 것은 패한 편을 동정함일까? 아름다운 까닭에 슬프고 슬프리만큼 아름다운 것, 눈물까지 흘리게 한 것은 별 수 없이 그나 누구나가 처하여 있는 현대의 의식에서 온 것임을 생각하면서 현보는 남죽을 뒤세우고 거릿목 찻집 문을 밀었다.

차를 청해 마실 때까지도 현보와 남죽은 그 싸움의 감동이 좀체 사라지지 않아 서 피차에 별로 말도 없었다. 불쾌하다느니보다는 슬픈 인상이었다. 슬픔으로 인하여 아름다운 것이었음을 남죽과 같이 현보도 느끼게 되었다. 그렇게까지 신경을 민첩하게 일으켜 세우게 된 것은 잠깐 보고 나온 영화 때문이었던지도 모른다.

영화관에는 마침 '목격자'가 걸려 있어서 우연히 보

게 된 그 아름다운 한 편이 장면장면 남죽을 울렸다.

전체로 슬픈 이야기였으나 가련한 주인공의 운명과 애잔한 여주인공의 자태가 한층 마음을 찔렀다. 억울한 혐의로 아버지를 여읜 어린 자식을 데리고 늙은 어머니가 어둡고 처량한 저녁에 무덤 쪽을 바라보는 장면과, 흐린 저녁때의 빈민가 다리 아래 장면과는 금시에 눈물을 솟게 하였다. 다리 아래 장면에서는 거지의 자동풍금 소리에 집집에서 뛰어나온 가난한 구민들이 그 슬픈 음악에 맞추어 춤을 추기 시작하였다.

요란한 소리를 듣고 순검이 달려와서 춤을 금하고 사람들을 헤칠때 억울한 혐의로 아버지를 재판한 늙은 검사는 양심의 가책을 조금이라도 덜려고 가난한 사람들을 위해 항의를 하나 용납되지 못하고 사람들은 하는 수 없이 비슬 비슬 그 자리를 헤어진다. 그 웅성거리는 측은한 꼴들이 실감을 가지고 가슴을 죄었다.

어두운 속에서 남죽은 흐르는 눈물을 손수건으로 몇 번이고 훔쳐 냈다. 눈물로 부덕부덕한 얼굴을 가지고 거리에 나오자 당면하게 된 것이 싸움의 장면이었다. 여러 가지의 감동이 한데 합쳐서 새 눈물을 자아내게 한 것이다.

하기는 남죽들의 현재의 형편 그것이 벌써 눈물 이상의 것이기는 하다. 두 주일 이상을 겪고 가제 나온 것이 불과 며칠 전이었다. 남죽은 현재 초라한 꼴, 빈주머니에 고향에 돌아갈 능력도 없고 그렇다고 다른 도리도 없이 진퇴유곡의 처지에 있는 셈이었다.

'목격자' 속의 주인공들보다 조금도 나을 것이 없었다. 현보와 막연히 하루를 지우려 영화구경을 나선 것도 또렷한 지향없는 닥치는 대로의 길, 그 자리의 뜻이었다. 온전히 그날 그날의 떠도는 부평초요, 키 잃은 배요, 목표 없는 생활이었다.

극단 '문화좌'가 설립되자마자 와해된 것이 두 주일 전이었다. 지방공연이라는 점에 중점을 두려고 일부러 서울을 떠나 지방의 도회로 내려와 기폭을 든 것이었으나 그것이 도리어 화 되어 엄격한 수준에 걸린 것이었다. 인원을 짜고 각본을 선택하고 모든 준비를 마친 후 첫째

공연을 내려왔던 것이 그렇다할 이유 없이 의외에도 거슬리는 바 되어 한꺼번에 몰아가 버렸다. 거듭 돌아보아야 그럴 만한 원인은 없었고 다만 첩첩한 시대의 구름의 탓임이 짐작될 뿐이었다.

각본을 맡은 현보는 고향이 바로 그곳인 탓으로인지 의외에도 속히 놓이게 되고 뒤를 이어 남죽 또한 수월하게 풀리게 되었으나 나머지 인원들은 자본을 댄 민삼, 연출을 맡은 인수, 배우인 학준, 그 외 몇몇은 아직도 날이 먼 듯하였다. 먼저 나오기는 하였으나 현보와 남죽은 남은 동무들을 생각하고 또 한 가지 자신들의 신세를 돌아보고 우울하기 짝 없었다.

하는 노릇 없이 허구한 날 거리를 헤매는 수밖에 없던 현보와 역시 별 목표 없이 유행가수를 지원해 보았다 배우로 돌아서 보았다 하던 남죽에게 극단의 설립은 한 희망이요 자극이어서 별안간 보람 있는 길을 찾은 듯도 하여 마음이 뛰고 흥이 나는 것이 의외의 타격에 기를 꺾이우고 나니 도로 제자리에 주저앉은 셈이었다. 파랗게 우러러보이던 하늘이 조각조각 부서져 버리고 다시 어두운 구렁텅이로 밀려 빠진 격이었다.

현보의 창작 각본 「헐어진 무대」와 오닐의 번역극 「고래」의 한 막이 상연 예정이어서 남죽은 그 두 각본의 여주인공의 역할을 자기의 비위에 맞는 것으로 그지없이 사랑하였다. 예술적 흥분 외에 또 한 가지의 기쁨은 그런 줄 모르고 내려왔던 길에 구면인 현보를 칠 년 만에 뜻밖에 다시 만나게 된 것이었다. 이 기우는 현보에게도 물론 큰 놀람이자 기쁨이었다.

극단의 주목을 보게 된 민삼이 서울서 적어 내려 보낸 인원의 열 명 속에 여배우 혜련의 이름을 발견하고 현보는 자기 작품의 주연을 맡은 그 여배우가 대체 어떤 인물일꼬 하고 호기심이 일어났을 뿐 무심히 덮어 두었던 것이 막상 일행이 내려와 처음으로 상면하게 되었을 때 그가 바로 남죽임을 알고 어지간히 놀랐던 것이다. 혜련은 여배우로서의 예명이었다. 칠 년 전에 알고는 그 후 까딱 소식을 몰랐던 남죽은 그런 경우 그런 꼴로 우연히 만나게 될 줄야 피차에 짐작도 못 하였던 것이다. 지난날을 돌아보면서 그날 밤 둘은 끝없는 이야기와 추억에 잠

129

겼다.

　서울서 학교에 다닐 때 우연히 세죽 남죽 자매를 알
게 된 것은 그들이 경영하여 가는 책점 대중원에 출입하
게 된 때부터였다. 대중원은 세죽이 단독 경영하여 가는
것이었고 남죽은 당시 여학교에서 공부하는 몸으로 형
의 가게에 기식하고 있는 셈이었다. 세죽의 남편이 사건
으로 들어가기 전에 뒷일을 예료하고 가족들의 호구지책
으로 미리 벌인 것이 소규모의 책점 대중원이었다. 남편
의 놓일 날을 몇 해고간에 기다려 가면서 세죽은 적막
한 홀몸으로 가게를 알뜰히 보면서 어린것과 동생 남죽
의 시중을 지성껏 들었었다. 남죽은 어린 나이에도 철이
들어서 가게에 벌여놓은 진보적 서적을 모조리 읽은 나
머지 마지막 학년 때에는 오돌지게도 학교에 일어난 사건
을 지도하다가 실패한 끝에 쫓겨나고 말았다.

　학업을 이루지도 못한채 고향에 내려갈 수도 없어
그 후로는 별수없이 가게 일을 도울 뿐, 건둥건둥 날을
지우는 수 밖에는 없었다. 소설을 닥치는 대로 읽어 대
고 아름다운 목청을 놓아노래를 불러 대곤 하였다. 목소

리를 닦아서 나중에 성악가가 되어 볼까도 생각하고, 얼굴의 윤곽이 어글어글한 것을 자랑삼아 영화배우로 나갈까도 꿈꾸었다. 그 시기의 그를 꾸준히 관찰할 수 있는 기회를 가졌던 현보는 그 남다른 환경에서 자라 가는 늠출한 처녀의 자태 속에 물론 시대적 열정과 생장도 보았으나 더 많이 아름다운 감상과 애끊는 꿈을 엿보았던 것이다. 단발한 머리를 부수수 헤뜨리고 밋밋하고 건강한 육체로 고운 멜로디를 읊조릴 때에는 그의 몸 그대로가 구석구석에 아름다운 꿈을 함빡 머금은 흐뭇한 꽃이었다. 건강한, 그러나 상하기 쉬운 한송이의 꽃이었다. 참으로 아담한 꽃을 보는 심사로 현보는 남죽을 보아 왔다.

그러나 현보가 학교를 마치고 서울을 떠날 때가 그들과의 접촉의 마지막이었으니 동경에 건너가 몇 해를 군 뒤 고향에 나와 일없이 지내게 된 전후 칠 년 동안 다만 책점 대중원이 없어졌다는 소문을 풍편에 들었을 뿐이지, 그 뒤 그들이 고향인 관북으로 내려갔는지 어쨌는지, 남죽과 세죽의 소식은 생각해 보지도 못했고 미처 생각에 떠오르지도 않았다.

그만한 여유조차 없는 것은 다른 사람의 생각은 커녕 자신의 생활이 눈앞에 가로막히게 되었고, 무엇보다도 현대인으로서의 자기 개인에 대한 생각이 줄을 찾기 어렵게 갈피갈피로 찢어졌다 갈라졌다 하여 뒤섞이는 까닭이었다.

칠 년 후에 우연히 만나고 보니 시대의 파도에 농락되어 꿈은 조각조각 사라지고 피차에 그 꼴이었다. 하기는 그나마 무대 배우로 나타난 남죽의 자태에 옛 꿈의 한 조각이 아직도 간당간당 달려 있는 셈인지도 모르나 아담하던 꽃은 벌써 좀먹기 시작한 그 어디인지 휘줄그러진 한 송이임을 현보는 또렷이 느꼈다.

시간을 보고 찻집을 나와 현보는 남죽을 데리고 큰 거리 백화점으로 향하였다.

준구와 만나자는 약속이었다. 가난한 교원을 졸라 댐은 마치 벼룩의 피를 긁어 내려는 격이었으나 그러나 현보로서는 가장 가까운 동무이므로 준구에게 터놓고 남죽의 여비의 주선을 비추어 둔 것이었다. 남죽에게는 지금 '살까 죽을까 문제'가 아니라「목격자」속의 빈민들에게 거리의 음악이 필요하듯이 고향으로 내려갈 여비가 필요하였다. 꿈의 마지막 조각까지 부서져 버린 이제 별수없이 고향으로 내려가 몸도 쉬이고 마음도 가다듬는 수밖에는 없었다. 고향은 넓은 수성평야의 한 가운데여서 거기에서는 형 세죽이 밭을 가꾸고 염소를 기르고 있다는 것이었다.

남편이 한번 놓였다 재차 들어가게 된 후 세죽은 이번에는 고향에다 편편하게 자리를 잡고 책점 대신에 평야의 한복판에서 염소를 기르게 되었다는 것이다. 도회에 지친 남죽에게는 지금 무엇보다도 염소의 젖이 그리웠다. 염소의 젖을 벌떡벌떡 마시고 기운차게 소생됨이 한 가지의 원이었다.

몇십 원의 노자쯤을 동무에게까지 빌리기가 현보로서는 보람 없는 노릇이었으나 늘 메말라서 누런 '현대의 악마'와는 인연이 먼 그로서는 하는 수 없는 것이었다.

찻집이라도 경영해 볼까 하다가 아버지에게 호통을 들은 후부터는 돈을 타 쓰기도 불쾌하여서 주머니에는

133

차 한 잔 값조차 동떨어질 때가 있었다. 누구나 다 말하기를 꺼려하고 적어도 초연한 듯이 보이려고 하는 '돈'의 명제가 요사이 와서는 말하기 부끄러우리만치 자나깨나 현보의 머리를 차지하게 되었다. 그 '악마'에 대한 절실한 인식은 일종의 용기를 낳아서 부끄러울 것 없이 준구에게 여비 일건을 부탁하고 남죽에게는 고향 언니에게도 간청의 편지를 내도록 천연스럽게 일렀던 것이다.

그러나 막상 휘줄그레한 포라 양복에 땀에 전 모자를 쓴 가련한 그를 대하였을 때 현보는 준구에게 그것을 부탁하였던 것을 일순 뉘우쳤다. 휘답답한 그의 꼴이 자기의 꼴과 매일반임을 보았던 까닭이다.

그래도 의젓한 걸음으로 층계를 걸어올라 식당에 들어가 두 사람에게 자리를 권하고 음식을 분부하고 난 후, 준구는 손수건을 내서 꺼릴 것 없이 얼굴과 가슴의 땀을 한바탕 훔쳐 냈다.

"양해하게. 집에는 아이들이 들끓구 아내는 만삭이 되어서 배가 태산 같은데두 아직 산파도 못 댔네. 다달이 빚쟁이들은 한 두름씩 문간에 와서 왕머구리같이 와글와글 짖어 대구. 어쩌다가 이렇게 됐는지 이제는 벌써 자살의 길밖에는 눈앞에 보이는 것이 없네. 별수 있던가. 또 교장에게 구구히 사정을 하구 한 장을 간신히 둘러왔네. 약소해서 미안하나 보태 쓰도록이나 하게."

봉투에 넣고말고 풀없이 꾸겨진 지전 한 장을 주머니에서 불쑥 집어내서 현보의 손에 쥐어 주는 것이다. 현보는 불현듯이 가슴이 찌르르하고 눈시울이 뜨거웠다.

손 안에 남은 부풀어진 지전과 땀 배인 동무의 손의 체온에 찐득한 우정이 친친 얽혀서 불시에 가슴을 조인 것이다.

남죽은 새삼스럽게 고맙다는 뜻을 표하기도 겸연쩍어서 똑바로 그를 바라보지도 못하고 시선을 식탁 위에 떨어뜨린 채 손가락으로 머리카락을 오리오리 매만질 뿐이었다. 낯이 익지도 못한 여자의 앞에서까지 가리울 것 없이 집안 사정 이야기를 터놓고 하지 않으면 안 되는 가난한 시민의 자태가 딱하고 측은하고 용감하여서 그 순간, 그 자리에서 살며시 꺼지고도 싶은 무거운 좌중의 기분이었다.

거리에 나와 준구와 작별한 뒤까지도 현보들은 심사가 몹시 울가망하였다. 현보는 집에 돌아가기가 울적하고 남죽 또한 답답한 숙소에 일찍 들어가기가 싫어서 대중 없이 밤거리를 거닐기 시작하였다. 동무가 일껏 구해 준 땀내 나는 돈을 도로 돌릴 수도 없어 그대로 지니기는 하였으나 갖출 것도 있고 하여 여비로는 적어도 그 다섯 곱절이 소용이었다. 현보는 다른 방법을 생각하기로 하고 그 한 장 돈의 운명을 온전히 그날 밤의 발길의 지향에 맡기기로 하였다.

레코드나 걸고 폭스 트롯이나 마음껏 추어 보았으면 하는 것이 남죽의 청이었으나 거리에는 춤을 출 만한 곳이 없고 현보 자신 춤을 모르는 까닭에 뒷골목을 거닐다가 결국 조촐한 바에 들어갔다. 솔내 나는 진을 남죽은 사양하지 않고 몇 잔이고 거듭 마셨다. 어느결에 주량조차 그렇게 늘었나 하고 현보는 놀라고 탄복하였다.

제법 술자리를 잡고 얼굴을 붉게 물들이고 뭇 사내

의 시선 속에서 어울려 나가는 솜씨는 상당한 것으로 보였다. 술이 어지간히 돌았는지 체면불구하고 레코드에 맞추어 몸을 으쓱거리더니 나중에는 자리를 일어서서 춤의 자세를 하고 발끝으로 달가닥달가닥 춤을 추는 것이었다. 현보 역시 취흥을 못 이겨 굳이 그를 말리지 않고 현혹한 눈으로 도리어 그의 신기한 재주를 바라볼 뿐이었다.

술은 요술쟁이인지 혹은 춤추는 세상의 도덕은 원래 허랑한 것인지 이해하기 어려운 것은 맞은편 자리에 앉았던, 아까 남죽의 귀에다 귓속말로 거리의 부랑자 백만장자의 아들이라고 가르쳐 주었던 그 사나이가 성큼 일어서서 남죽에게 춤을 청하는 것이었고, 더 이상한 것은 남죽이 즉시 응하여 팔을 겨르고 스텝을 밟기 시작한 것이다. 그것이 춤의 도덕인가보다고만 하고 현보는 웃는 낯으로 한참이나 바라보고 있었으나 손님들의 비난의 소리 속에서 별안간 여급이 달려와서 춤은 금물이라고 질색하고 두 사람을 가르는 바람에 현보는 문득 정신이 들면서 이 난잡한 꼴에 새삼스럽게 눈썹이 찌푸려졌다.

남죽의 취중의 행동도 지나쳐 허랑한 것이었으나 별안간 나타난 부랑자의 유들유들한 심보가 불현듯이 괘씸하게 느껴져서 주위에 대한 체면과 불쾌한 생각에 책임상 비틀거리는 남죽의 팔을 끌고 즉시 그 자리를 나와버렸다. 쓸데없이 허튼 곳에 그를 끌어온 것이 뉘우쳐도져서 분이 좀체 가라 앉지 않았다.

"아무리 부랑자기로 생면부지에 소락소락. 안된녀석."

"노여하실 것 없는 것이 춤추는 사람끼리는 춤을 청하는 것이 모욕이 아니라 도리어 존경의 뜻인걸요. 제법 춤의 격식이 익숙하던데요."

남죽의 항의에는 한마디도 대꾸할 바를 몰랐으나 그러면 그 괘씸한 심사는 질투에서 나온 것이었던가? 그렇다면 남죽을 얼마나 사랑하고 있는 셈인가 하고 현보는 자신의 마음을 가지가지로 의심하여 보았다.

"참기 싫어요, 견딜 수 없어요. 죄수같이 이 벽 속에만 갇혀 있기가. 어서 데려다주세요, 데이비드. 이곳을 나갈 수 없으면, 이 무서운 배에서 나갈 수 없으면 금방 미칠 것두 같아요. 집에 데려다주세요, 데이비드. 벌써 아무것두 생각할 수 없어요. 추위와 침묵이 머리를 가위같이 누르는걸요. 무서워. 얼른 집에 데려다주세요."

남죽은 남죽으로서 딴소리를 듣고 보니 오닐의「고래」의 구절구절을 아직도 취흥에 겨운 목소리로 대로상에서 마치 무대에서와 같은 감정으로 외치는 것이었다. 북극 해상에서 애니가 남편인 선장에게 애원하고 호소하는 그 소리는 그대로가 바로 남죽 자신의 절실한 하소연이기도 하였다.

"이런 생활은 나를 죽여요. 이 추위, 무섬. 공기가 나를 협박해요. 이 적막. 가는 날 오는 날 허구한 날 똑같은 회색 하늘. 참을 수 없어요. 미치겠어요. 미치는 것이 손에 잡힐 듯이 알려요. 나를 사랑하거든 제발 집에 데려다주세요. 원이에요. 데려다주세요."

이튿날은 또 하루 목표 없는 지난날의 연속이었다.
간밤의 무더운 기억도 있고 남죽에게 대한 말끔하

게 청산하지 못한 뒤를 끄는 감정도 남아 있고 하여 현보는 오후도 훨씬 늦어서 남죽을 찾았다. 아직도 눈알이 붉고 정신이 개운하지 못한 남죽의 청을 들어 소풍 겸 강으로 나갔다.

서선지방의 그 도회는 산도 아름다우려니와 물의 고을이어서 여름 한철이면 강위에는 배가 흔하게 떴다. 나룻배 외에 지붕을 덩그렇게 단 놀잇배와 보트와 모터보트가 강 위를 촘촘하게 덮었다. 놀잇배에서는 노래가 흐르고 춤이 보여서 무르녹은 나무 그림자를 띄운 고요한 강 위는 즐거운 유원지로 변한다. 산 너머 저편 은 바로 도회에서 생활과 싸움으로 들복닥거리건만 산 건너 이편은 그와는 별세상인 양 웃음과 노래와 흥이 지천으로 물 위를 흘렀다.

현보와 남죽도 보트를 세내서 타고 그 속에 한몫 끼여서 시원한 물세상 사람이된 듯도 싶었다. 백양나무가 늘어선 위로 흰 구름이 뭉실뭉실 떠서 강 위에서는 능라도 일대의 풍경이 가장 아름다웠다. 현보는 손수 노를 저으면서 물결을 거슬러 올라가 섬께로 향하였다. 속을 헤

140

아릴 수 없는 푸른 물결이 뱃전을 찰싹찰싹 쳤다.

"언니에게서 편지가 왔는데 요새는 염소 젖두 적구 그렇게 쉽게 노자를 구할 수 없다나요."

남죽은 소매 속에서 집어낸 편지를 봉투째 서너 조 각으로 쭉쭉 찢더니 물 위에 살며시 띄웠다. 별로 언니 를 원망하는 표정도 아니요, 다만 침착한 한마디의 보 고였다.

"며칠 동안 카페에 들어가 여급 노릇이나 해서 돈을 벌어 볼까요?"

이 역 원망의 소리가 아니고 침착한 농담으로 들리 기는 하였으나 그 어디인지 자포자기의 기색이 보이지 않 는 것도 아니었다.

"차차 무슨 방법이든지 있을 텐데 무얼 그리 조급하 게 군단 말요."

현보는 당치않은 생각은 당초에 말살시켜 버리려는
듯이 어세가 급하고 퉁명스러웠다. 그러나 고향을 그리
는 남죽의 원은 한결같이 절실하였다.

　　"얼음 속에 갇혀 있으면 추억조차 흐려지나 봐요. 벌
써 머언 옛일 같아요. 지금은 유월, 라일락이 뜰 앞에 한
창이고 담 위 장미는 벌써 봉오리가 앉았을걸요."

　　이것은 남죽이 늘 즐겨서 외는 「고래」속의 한 구절이
었으나 남죽의 대사는 이 것으로서 그치는 것이 아니었
다. 물 위에 둥둥 떠서 멀리 사라지는 찢어진 편지 조각
을 바라보며 남죽의 고향을 그리는 정은 줄기줄기 면면
하였다.

　　"솔골서 시작해서 바다 있는 쪽으로 평야를 꿰뚫은
흰 방축이 바로 마을 앞을 높게 내닫고 있어요. 방축이
라니 그렇게 긴 방축이 어디 있겠어요. 포플러나무가 모
여 서고 국제 열차가 갈리는 정거장 근처를 지나 바다까
지 근 십 리 장간을 일직선으로 뻗쳤는데 인도교와 철교
사이를 거닐기에두 이십 분이나 걸려요. 물 한방울 없는

모래 개천을 끼고 내달은 넓은 둑은 희고 곧고 깨끗해서 마치 푸른 풀밭에 백묵으로 무한대의 일직선을 그은 것 두 같수. 둑 양편으로 잔디가 깔린 속에 쑥이 나고 패랭이꽃이 피어서 저녁해가 짜릿짜릿 쪼이면 메뚜기와 찌르레기가 처량하게 울지요. 풀밭에는 소가 누운 위로 이름 모를 새가 풀 위를 스치면서 얕게 날고 마을로 향한 쪽에는 조, 수수, 옥수수밭이 연하여서 일하는 처녀 아이가 두어 사람씩은 보이죠. 여름 한철이면 조카 아이와 같이 염소를 끌고 그 둑 위를 거닐면서 세월 없이 풀을 먹여요. 항구를 떠난 국제 열차가 산모퉁이를 돌아 기적소리가 길게 벌판을 울려 올 때, 풀 먹던 염소는 문득 뿔을 세우고 수염을 드리우고 에헤헤헤헤헤 하고 새침하게 한바탕 울어 대군 해요. 마을 앞의 그 둑을 고향의 그 벌판을 나는 얼마나 사랑하는지 몰라요. 그리운지 모르겠어요."

남죽의 장황한 고향의 묘사는 무대 위에서와는 또 다르게 고요한 강물 위를 자유롭게 흘러내렸다. 놀잇배에서 흘러나오는 레코드의 음악이 속된 유행가가 아니고 만약 교향악의 반주였던들 남죽의 대사는 마디마디 아름다운 전원교향악으로 들렸을 것이다.

　그의 '전원교향악'에 취하였던 것은 아니나 그의 고
향에 대한 적어도 현재 이외의 생활에 대한 그리운 정이
얼마나 간절한가를 느끼며 현보는 속히 여비를 구해야
할 것을 절실히 생각하면서 능라도와 반월도 사이의 여
울로 배를 저어 올렸다. 얕아는 졌으나 센 물살을 거슬러
저으면서 섬에 오를 만한 알맞은 물기슭을 찾았다.

　"첫 가을이면 송이의 시절. 좀 있으면 솔골로 풋송
이 따러 가는 마을 사람들이 둑 위를 희끗희끗 올라가
기 시작하겠어요. 봉곳이 흙을 떠받들고 올라오는 송이
를 찾았을 때의 기쁨! 바구니에 듬짓하게 따가지고 식구
들과 함께 둑길을 걸어 내려올 때면 송이의 향기가 전신
에 흠뻑 배지요. 풋송이의 향기. 「고래」속의 라일락의 향
기 이상으로 제겐 그리운 것이에요."

　듣는 동안에 보지 못한 곳이건만 현보에게도 그의
말하는 고향이 한없이 그리운 것으로 생각되었다. 모랫
바닥이 보이는 강가로 배를 몰아 놓고 섬기슭을 잡으려

할 때 배가 몹시 요동하는 바람에 꿈에 잠겼던 남죽은 금시에 정신이 깬 모양이었다. 백양나무가 늘어선 사이로 새풀이 우거져서 섬 속은 단걸음에 뛰어들어가고도 싶게 온통 푸르게 엿보였다. 발을 벗고 물 속을 걷기도 귀치않아서 남죽은 뱃전에 올라서서 한걸음에 기슭까지 뛰어 건너려 하였다.

뒤뚝거리는 배를 현보가 뒤에서 붙들기는 하였으나 원체 물의 거리가 먼데다가 남죽은 못 미치는 다리에 풀뿌리를 밟은 까닭에 껑청 발을 건너자 배가 급각도로 기울어지며 현보가 위태하다고 느꼈을 순간 풀뿌리에서 미끄러지며 볼 동안에 전신을 물 속에 채워 버렸다. 현보가 즉시 신발째로 뛰어들어 그의 몸을 붙들어 일으키기는 하였으나 전신은 물에 빠진 쥐였다. 팔에 걸린 몸이 빨랫짐같이도 차고 무거웠다.

하루의 작정이 흐려지고 섬의 행락이 틀어졌다. 소풍이 지나쳐 목욕이 된 셈이나 물에 빠진 꼴로는 사람들 숲에 섞일 수도 없어 두 사람은 외따로 떨어져 섬 속의 양지를 찾았다. 사람들이 엿보지 못하는 호젓한 외딴 곳에서 젖은 옷을 대충 말리는 수밖에는 없었다. 현보는 신과 바지를 벗어서 널고 남죽은 속옷만을 남기고 치마 저고리를 벗어서 양지쪽 풀 위에 펴놓았다.

차라리 해수욕복이나 입었던 들 피차에 과히 야릇한 꼴들은 아니었을 것이나 옷을 반씩들 벗은 이지러진 자태 마치 꼬리와 죽지를 뽑히고 물벼락을 맞은 자웅의 닭과도 같은 허수한 꼴들은 한층 우스운 것이었다. 더구나 팔다리와 어깨를 온전히 드러내고 젖어서 몸에 붙은 속옷 바람으로 풀밭에 선 남죽의 꼴은 더욱 보기 딱한 것이어서 그 자신은 그다지 스스러워 여기지 않음에도 현보는 똑바로 보기 어려워 자주 외면하지 않을 수 없었다.

별 수 없이 그 꼴 그대로 틀어진 반날을 옷 말리기에 허비하고 해가 진 후 채 마르지도 못한 축축한 옷을 떨쳐 입고 다시 배를 젓고 내려올 때, 두 사람은 불시에 마주 보고 껄껄껄 웃어 댔다. 하루의 이지러진 희극을 즐겁게 끝막으려는 듯 웃음소리는 고요한 저녁 강 위에 낭랑하게 퍼졌다.

그 꼴로 혼자 돌려보내기가 가여워서 현보는 그 길로 남죽의 숙소에 들른 채 처음으로 밤이 이슥할 때까지 같이 지내게 되었다. 뜻속의 것이었든지 혹은 뜻밖의 것이었든지 그날 밤 현보는 또한 남죽과 모든 열정을 주고받았다. 그것은 반드시 한쪽만의 치우친 감정의 발작이 아니라 피차의 똑같은 감정의, 말하자면 공동합작이었으며 그 감정 또한 우연한 돌발적인 것이 아니요 참으로 칠 년 전부터 내려오는 묵고 익은 감정의 합류였다. 늦은 밤거리에 나왔을 때 현보는 찬란한 세상을 겪은 뒤의 커다란 피곤을 일시에 느꼈다.

일이 일인만큼 큰 경험 후에 오는 하루를 현보는 집에 묻힌 채 가지가지 생각에 잠겼다. 묵은 감정의 합류라고는 하더라도 하필 그 시간에 폭발된 것은 이때까지 피차에 감정을 감추고 시험해 왔던 까닭일까, 그런 감정에는 반드시 기회라는 것이 필요한 탓일까 생각하였다. 결국 장구한 시기를 두었다가 알맞은 때를 가늠 보아 피차에 훔쳐 낸 감정에 지나지 않았다. 사랑이라기에는 너무도 어처구니없는 것인지는 모르나 그러나 사랑이 아니라고 할 수도 없는 것이, 비록 미래의 계획이 없는 한 막의 애욕극이었다고는 하더라도 거기에 이르기까지는 오랜 시간의 양해가 있었던 것이라고 생각하였다.

남죽의 마음 또한 그러려니는 생각하면서도 현보는 한편 남자 된 욕심으로 남죽의 허랑한 감정을 의심도 하여 보았다. 대체 지난 칠 년 동안의 그에게는 완전히 괄호 안의 비밀인 남죽의 생활이 어떤 내용의 것이 었을까 하는 것이었다. 그에게 있어서 간간이 생리의 정리가 필요하듯이 남죽에게도 그것이 필요하지 않았을까? 혹은 한번쯤은 결혼까지 하였다가 실패하였는지도 모르며 더 가깝게 가령 그와 다시 만나기 전에 친히 지냈던 민삼과는 깊은 관계가 없었을까 하는 생각이 갈피갈피 들었으나 돌이켜보면 그렇게 그의 결벽하기를 원하는 것은 순전히 자기 자신의 지나친 욕심이며 그것을 희망할 자격은 자기에게는 없다는 것을 느끼게 되었다. 괄호 안의 비밀, 그의 눈에 비치지 않은 부분의 생활은 그의 관계할 바 아니며 다만 그로서는 그에게 보여 준 애정만을 달게 여기면 족한 것이라고 결론하면서 그의 애정을 너그럽게 해석하려고 하였다.

값으로 산 애정은 아니었으나 남죽의 처지가 협착한 만큼 현보는 애정에 대한 일종의 책임을 느껴서 그의 여비 일건을 더욱 절실히 생각하게 되었다. 그를 오래도록 붙들어 둘 수 없는 이상 원대로 하루라도 속히 고향에 돌려보내는 것이 애정의 의무일 것같이 생각되었다.

여비를 갖춘 후에 떳떳이 만날 생각으로 그 밤 이후 며칠 동안은 남죽을 찾지 않았다. 여비를 갖춘대야 생판 날탕인 현보에게 버젓한 도리가 있을 리는 없었다.

이미 친한 동무 준구에게 한번 청을 걸어 여의치 못한 이상 다시 말해 볼 만한 알맞은 동무는 없었으며 그렇다고 그의 일신에 돈으로 바꿀 만한 귀중한 물건을 지닌 것도 아니었다. 옳은 길이라고는 생각지 않았으나 별수없이 남은 한 길을 취할 수밖에는 없었다. 진종일을 노리다가 사랑 문갑에서 예금통장을 집어내기에 성공하였던 것이다. 은행과 조합의 통장이 허다한 속에서 우편예금 통장을 손쉽게 집어내서 도장까지 위조하여 소용의 금액을 감쪽같이 찾아내기는 하였으나 빽빽한 주의 아래에서 그것에 성공하기에는 온 이틀을 허비하였다. 가정에 대한 그 불측한 반역이 마음을 괴롭히지 않는 바도 아니었으나 그만한 희생쯤은 이루어진 애정에 대한 정성과 봉사의 생각으로 닦아 버리려고 생각하였던 것이다.

그 밤 이후 처음으로 만나는데 소용의 금액을 넌지시 내놓음이 받은 애정의 대상을 갚는 것도 같아서 겸연쩍기는 하였으나 그러나 한편 돈을 가진 마음은 즐겁고 넉넉하였다. 마음도 가뿐하고 걸음도 시원스럽게 현보는 오후는 되어서 남죽의 여관을 찾았다.

여관 안은 전체로 감감하고 방에는 남죽의 자태가 보이지 않았다. 원체 아무 세간도 없는 방인 까닭에 텅 빈 방 안을 현보는 자세히 살펴볼 것도 없이 문을 닫고 아마도 놀러 나갔으려니 하고 거리로 나왔다. 찻집과 백화점을 한바퀴 돌고는 밤에 다시 찾기로 하고 우선 집으로 돌아왔을 때 뜻밖에 남죽의 엽서가 책상 위에 있었다.

연필로 적은 사연이 간단하게 읽혔다.

왜 며칠 동안 까딱 오시지 않았어요. 노여운 일 계세요. 여러 날 폐만 끼친 채 여비가 되었기에 즉시로 떠납니다. 아마도 앞으로는 만나 뵙기 조련치 않을 것 같아요. 내내 안녕히 계세요.

남죽 올림

돌연한 보고에 현보는 기를 뽑히고 즉시로 뒷걸음을 쳐서 여관으로 향하였다.

여러 날 안 왔다고 칭원을 하면서 무슨 까닭에 그렇게도 무심하고 급스럽게 떠나 버렸을까? 여비라니 다따가 오십 원의 여비를 대체 어떻게 해서 구하였을까?

짜장 며칠 동안 카페 여급 노릇이라도 한 것일까. 여러 가지로 생각하면서 여관에 이르러 다시 방문을 열어 보았을 때 아까와 마찬가지로 텅 빈 것이었으나 그런 줄 알고 보니 사실 구석에 가방조차 없었다. 경솔한 부주의를 내책하면서 그제야 곡절을 물어 보러 안문을 들어서서 주인을 찾았다.

궂은 일을 하던 노파는 치맛자락으로 손을 훔치면

서 한마디 불어 대고 싶은 듯도 한 눈치로 뜰안에 나서
며 간밤에 부랴부랴 거둬 가지고 떠났다는 소식을 첫마
디에 이르고는 뒤슬뒤슬 속있는 웃음을 띄웠다.

　"그게 대체 여배우요, 여학생이오? 신식 여자들은 겉
만 보군 알 수가 없으니."

　무슨 소리를 하려는 수작인고 하고 그다지 반갑지
는 않았으나 현보는 잠자코 있을 수만 없어서,

　"여학생으로두 보입디까?"

　되려 한마디 반문하였다.

　"그럼 여배우군. 어쩐지 행동거지가 보통이 아니야.
아무리 시체 여학생이기루학생의 처신머리가 그럴까 했
더니 그게 여배우구려."
　"행동이 어쨌단 말요."
　"하긴 여배우는 거반 그렇답디다만."

말이 시끄러워질 눈치여서 현보는 귀치않은 생각에 말머리를 돌렸다.

"식비는 다 치렀나요."

그러나 그 한마디가 도리어 풀숲의 뱀을 쑤신 셈이었다. 노파의 말주머니는 막았던 봇살같이 한꺼번에 터져 나오기 시작하였다.

"식비 여부가 있겠수. 푸른 지전이 지갑 속에 불룩하든데. 수단두 능란은 하련만 백만장자의 자식을 척척 끌어들이는 걸 보문 여간내기가 아닌 한다하는 난군입디다. 그런 줄 알구 그랬는지 어쨌는지 아마두 첫눈에 후려댄 눈친데 하룻밤 정을 줘두 부자 자식이 좋기는 좋거든. 맨숭한 날탕이든 것이 하룻밤 새에 지전이 불룩하게 쓸어 든단 말요. 격이 되기는 됐어. 하룻밤을 지냈을 뿐 이튿날루 살랑 떠난단 말요."

청천의 벼락이었다. 놀라고 어처구니가 없어서 노파의 입을 쥐어박고도 싶었으나 그러나 실성한 노파가 아닌 이상 거짓말도 아닐 것이어서 현보는 다만 벌렸던 입을 다물 수 없었다.

"백만장자의 자식이라니 누 누구란 말요."

아마도 말소리가 모르는 결에 떨렸던 성싶었다.

"모르시오? 김장로의 아들 말이외다. 부랑자루 유명한."

현보는 아찔해지며 골이 핑 돌았다. 더 물을 것도 없고 흉측한 노파의 꼴조차가 불현듯이 보기 싫어져서 뒤도 돌아다보지 않고 허둥허둥 여관을 나와 버렸다.

"그것이 여비의 출처였던가."

모르는 결에 입술이 찡그려지며 제 스스로를 비웃는 웃음이 흘러 나왔다. 김장로의 아들이라면 며칠 전 바에서 돌연히 남죽에게 춤을 청한 놈팡이인데 어느 결에 그렇게 쉽게 교섭이 되었던가. 설사 여비를 구하기 위한 수단이라고 하더라도 어둠의 여자와 다를 바가 무엇인가 생각할 때 무서운 생각에 전신에 소름이 쪽 돋으며 허전허전 꼬이는 다리에 그 자리에 쓰러져 울고도 싶었다.

남죽은 그렇게까지 변하였던가. 과거 칠 년 동안의 괄호 속의 비밀까지가 한꺼번에 눈앞에 보이는 듯하여 현보는 속았다는 생각만이 한결같이 들어 온전히 제정신 없이 거리를 더듬었다.

우울하고 불쾌하고 미칠 듯도 한 며칠이었다. 칠 년 전부터 남죽을 알아 온것을 뉘우치고 극단이고 무엇이고를 조직하려고 한 것조차 원 되었다. 속힌 것은 비단 마음뿐이 아니고 육체까지임을 알았을 때 현보는 참으로 미칠 듯도 한 심정이었던 것이다. 육체의 일부에 돌연히 변조가 생기기 시작한 것은 다음날부터였으나 첫경험인 현보는 다따가의 변화에 하늘이 뒤집힌 듯이나 놀랐고, 첫째 그 생리적 고통은 견딜 수 없이 큰 것이었다.

몸에는 추잡한 병증이 생기며 용변할 때의 괴롬이

란 살을 찢는 듯도 하여 이루 헤아릴 수 없었다. 세상에서 흔히 말하는 병이 바로 이것인가 보다, 즉시 깨우치기는 하였으나 부끄러운 마음에 대뜸은 병원에도 못 가고 우선 매약점에를 들렀다가 하는 수 없이 그 길로 의사를 찾았다. 진찰의 결과는 예측과 영락없이 들어맞아서 별수없이 의사의 앞에서 눈을 감고 부끄러운 치료를 받기 시작하면서 찡그린 마음속에는 한결같이 남죽의 자태가 떠올랐다.

마음과 몸을 한꺼번에 속인 셈이나 남죽은 대체 그런 줄을 알았던가 몰랐던가.

처음에는 감격하고 고맙게 여겼던 애정이었으나 그렇게 된 결과로 보면 일종의 애욕의 사기로밖에는 생각되지 않았다. 칠팔 년 전 건강하고 아름다운 꿈으로 시작되었던 남죽의 생애가 그렇게 쉽게 병들고 상할 줄은 짐작도 할 수 없었던 것이다.

굳건한 꿈의 주인공이 칠 년 후 한다하는 밤의 선수로 밀려 떨어질 줄은 생각할 수 없었던 것이다. 아담하던 꽃은 좀이 먹었을 뿐이 아니라 함빡 병들어 상하기 시작하지 않았던가. 책점 대중원 뒷방에서 겨울이면 화롯전을 끼고 앉아서 독서에 열중하다가 이론 투쟁을 한다고 아무나를 붙들고 채 삭이지도 못한 이론으로 함부로 후려대다가는 이튿날로 학교의 사건을 지도한다고는 조금 츨츨한 동무들이면 모조리 방에 끌어다가는 의론과 토의가 자자하던 칠 년 전의 남죽의 옛일을 생각할 때 현보는 금할 수 없는 감회에 잠기며 잠시는 자기 몸의 괴로움도 잊어버리고 오늘의 남죽을 원망하느니보다는 그의 자태를 측은히 여기는 마음이 끝없이 솟았다. 어린 꿈의 자라 가는 것은 여러 갈래일 것이나 그 허다한 실례 속에서 현보는 공교롭게도 남죽에게서 가장 측은하고 빗나간 한 장의 표본을 본 듯도 하여서 우울하기 짝이 없었다.

부정한 수단을 써가면서까지 여비로 만든 오십 원 돈이 뜻밖에도 망측한 치료비로 쓰이게 된 것을 생각하고 그 돈의 기구한 운명을 저주하면서 답답한 마음에 현보는 그날 밤 초저녁부터 바에 들어가 잠겼다. 거기에서 또한 우연히도 문제의 거리의 부랑자 김장로의 아들을 한자리에서 마주치게 된 것은 얼마나 뼈저린 비꼬움이었던가. 반지르하면서도 유들유들한 그 꼬락서니가 언제 보아도 불쾌하고 노여운 것이었으나 그러나 남죽 자신의 뜻으로 된 일이었다면 그도 하는 수 없는 노릇이며 무엇보다도 그 당장에서 그 녀석을 한 대 먹여서 꼬꾸라뜨릴 만한 용기와 힘없음이 현보에게는 슬펐다. 녀석도 또한 그 자리로 현보임을 알아차리고 가소로운 것은 제 술잔을 가지고 일부러 현보의 탁자에 와 마주 앉으며 알지 못할 웃음을 띄우는 것이다.

"이왕 마주 앉았으니 술이나 같이 듭시다."

어느결엔지 여급에게 분부하여 현보의 잔에도 술을 따르게 하였다. 희고 맑은 그 양주가 향기로 보아 솔내나는 진인 것이 바로 그 밤과 같은 것이어서 이 또한 우연한 비꼬움으로밖에는 생각되지 않았다.

"이렇게 된 바에 무엇을 속이겠소. 터놓고 말이지 사실 내겐 비싼 흥정이었었소. 자랑이 아니라 나도 그 길엔 상당히 밝기는 하나 설마 그런 흠이 있을 줄이야 뉘 알았겠소. 온전히 홀린 셈이지. 그까짓 지갑쯤 털린 거

158

야 아까울 것 없지만 몸이 괴로워 못 견디겠단 말요. 허구한 날 병원에만 당기기두 창피하구, 맥주가 직효라기에 날마다 와서 켰으나 이 몸이 언제나 개운해질는지."

술잔을 내고는 얼굴을 찡그리고 쓴웃음을 띄우는 것을 보고는 녀석을 해낼 수도 없고 맞장구를 칠 수도 없어서 현보는 얼떨떨할 뿐이었다.

"당신두 별수없이 나와 동류항일 거요. 동류항끼리 마음을 헤치구 하룻밤 먹어 봅시다. 그려."

하면서 굳이 술잔을 권하는 것이다.

현보는 녀석의 면상에 잔을 던지고 그 자리를 일어나고도 싶었으나 실상은 웃지도 못하고 울지도 못할 난처한 표정대로 그 자리에 빠지지 앉아 있는 수 밖에는 없었다.

6장

오리온과 능금

1

　‘나오미’가 입회한지는 두 주일밖에 안되었고, 따라
서 그가 연구회에 출석하기는 단 두 번임에 불구하고 어
느덧 그의 태도가 전연 예측치 아니하였던 방향으로 흐
름을 알았을 때에 나는 놀라지 않을 수 없었다. 사람의
감정의 움직임이란 예측하기 어려운 것이지만 짧은 시간
에 그가 나에게 대하여 그러한 정서를 품게 되었다는 것
은 도무지 뜻밖의 일이었음을 나는 놀라는 한편 현혹한
느낌을 마지않았던 것이다.

　하기는 ‘나오미’가 S의 소개로 입회하게 된 첫날부터
벌써 나는 그에게서 ‘동지’라는 느낌보다도 ‘여자’라는 느

낌을 더 많이 받았다. 그것은 '나오미'가 현재 어떤 백화점의 여점원이요, 따라서 몸치장이 다소 사치한 까닭이라는 것보다도 대체로 그의 육체와 용모의 인상이 너무도 연하고 사치한 까닭이었다. 몸이 몹시 가늘고 입이 가볍고 눈의 표정이 너무도 풍부하였다.

그의 먼 촌 아저씨가 과거에 있어서 한 사람의 굳건한 xx으로 서 현재 영어의 몸이 되어 있다는 소식도 S를 통하여 가끔 들은 나였만은 그러한 나의 지식과 '나오미'의 인상과의 사이에는 한 점의 부합의 연상도 없고 물에 뜬 기름 모양으로 서로 동떨어진 것이었다.

그것은 마치 같은 가지에 붉은 꽃과 푸른 꽃의 이전연 색다른 두 송이의 꽃이 천연스럽게 맺히는 것과도 같은 격이었다. 그러나 연약한 인상이라고 그의 미래를 약속하지 못하는 법은 없을 것이다.

그러므로 진실한 회원이요, 믿음직한 동지인 S가 그를 소개하였을 때에 우리는 그의 입회를 승낙하기에 조금도 인색하지 않았던 것이다.

그러나 차차 그를 만나게 될수록 '동지'라는 느낌은 엷어가고 '여자'라는 느낌이 그에게서 받는 느낌의 거의 전부이었다.

한편 나에게 대한 그의 태도와 행동은 심히 암시적 이었다. 내가 그것을 깨닫게 된 것은 물론 다음과 같은 일이 있은 후로부터였지만.

'나오미'가 입회한 후 두 번째 연구회에 출석하던 날 이었다. 오륙 인 되는 회원들이 S의 여공임을 비롯하여 학생 점원 등 층층을 망라한 관계상 자연 모이는 시간이 엄수되지 못하였고, 또 독일어의 번역과 대조하여 읽고 토의하여 가던 「xxxx」에 어려운 대문이 많았던 까닭에 분량이 많이 나가지 못하는데다가 회를 마치고 나면 모두 피곤하여지는 까닭에 될 수 있는 대로 초저녁에 모여서 밤이 깊기 전에 파하는 것이 일쑤였다.

그날 밤도 일찍이 파하고 의 집을 S 나오니 집에의 방향이 같은 관계상 나는 또 '나오미'와 동행이 되었다.

"어떻소. 우리들의 기분을 대강은 이해할만하게 되

었소?"

　회원들 가운데에서 피를 달리한 사람은 '나오미' 한 사람뿐이므로 낯익지 않은 그룹 속에 들어와서 거북한 부조화와 고독을 느끼지 않는가를 염려하여 오던 나는 어두운 골목을 걸어 나오면서 그의 생각도 들어보고 또 그를 위로도 할 겸 이런 말을 던졌다.

　"이해하고 말고요. 그리고 저는 이 분위기를 대단히 좋아해요. 저를 맞아 주는 동무들의 심정도 좋고 선생님께 대하여서는 더구나 친밀한 느낌을 더 많이 품게 되었어요."

　"그렇다면 다행이외다. 혈족에 대한 그릇된 편견으로 인하여 잘못을 범하는 예가 아직도 간간이 있으니까요."

　"깨달음이 부족한 까닭이겠지요. 어떻든 저는 우리 회합에서 한 점의 거북한 부자유도 느끼지 않아요. 마음이 이렇게 즐겁고 좋아요."

　진실로 즐거운 듯이 '나오미'는 몸을 가늘게 요동하

며 목소리를 내서 웃었다.

미묘하게 움직이는 그의 시선을 옆얼굴에 인식하면서 골목을 벗어나오니 네거리에 나섰다.

늘 하는 버릇으로 모퉁이 서점에 들려 신간을 한 바퀴 살펴본 후 다시 서점을 나올 그때까지 '나오미'의 미소는 꺼지지 않았다.

서점 옆 과일점 앞을 지날 때에 '나오미'는 그 미소를 정면으로 나에게 던지면서 복잡한 표정으로 나를 쳐다보며 제의하였다.

"능금이 먹고 싶어요!"
"능금이?"

그로서는 의외의 제의인 까닭에 나는 반문하면서 그를 바라보았다.

"신선한 능금 한입 베어먹었으면!"

'나오미'는 마치 내 자신이 한 개의 능금인 것같이 과일점의 능금 대신에 나를 똑바로 쳐다보며 바싹 나에게로 붙었다.

나는 은전 몇 잎을 던져 주고 받은 능금 봉지를 '나오미'에게 쥐어 주었다.

걸으면서 '나오미'는 밝은 거리를 꺼리는 법 없이 새빨간 능금을 껍질채 버적버적 먹었다.

"대담하군요."

"어때요 행길에서 - 능금 - 프롤레타리아답지 않아요?"

'나오미'의 하아얀 이빨이 웃음 띠우며 능금 속에 빛났다.

"금욕은 프롤레타리아의 도덕이 아니예요. 솔직한 감정을 정직하게 표현하는 것이 프롤레타리아가 아닐까요?"

그러나 밝은 밤거리에서 아름다운 여자가 능금을 버적버적 먹는 풍경은 프롤레타리아답다느니보다는 차라리 한 폭의 아름다운 '모던' 풍경이었다.

그만큼 아름다운 '나오미'의 자태에는 프롤레타리아다운 점은 한 점도 없으며 미래에도 그가 얼마나한 정도의 프롤레타리아 투사가 될까도 자못 의문이었다. 너무도 아름답고 사치하고 '모던'한 '나오미'였다.

"능금 좋아하세요?"
"능금 싫어하는 사람이 어데 있겠소."
"모두 아담의 아들이요, 이브의 딸이니까요. 자 그럼 한 개 잡수세요."

'나오미'는 여전히 미소하면서 능금 한 개를 나의 손에 쥐어 주었다.

"그렇지요. 조상 때부터 좋아하던 능금과 우리는 인연을 끊을 수는 없어요. 능금은 누구나 좋아하는 것이고 또 영원히 좋은 것이겠지요. 공간과 시간을 초월하여

높게 빛나는 능금이지요. 마치 저 하늘의 '오리온'과도 같이 길이길이 빛나는 것이예요."

"능금의 철학?"

"이라고 해도 좋지요. 그러니까 프롤레타리아 투사에게라고 결코 능금이 금단의 과일이 아니겠지요. 밥을 먹지 않으면 안되는 투사가 능금을 먹지 말라는 법이 어데 있어."

'나오미'의 암시가 나에게는 노골적 고백으로 들렸다. 그러므로 나는 예민하게 나의 방패를 내들지 않을 수 없었다.

"그것이 진리임은 사실이나 문제는 가치와 효과에 있을 것이요. 그리고 또 우리에게는 일정한 체계와 절제(節制)가 있어야겠지요. 아무리 아름다운 능금이기로 난식을 하여서 그것이 도리어 계급적 사업에 해를 끼치게 된다면 그것은 가엾은 짓이 아니겠소."

2

이런 일이 있은 후로부터는 나는 웬일인지 항상 '나오미'와 능금을 연상하게 되어서 그를 생각할 때에나 만날 때에는 반드시 먼저 능금의 연상이 머리 속을 스치게 되었다. 그렇게 하여 때로는 그가 마치 능금의 화신같이 생각되는 때도 있었다. 물론 다음과 같은 일이 있은 후로부터는 그런 인상은 더욱 두터워 갔다.

두 주일 가량 후이었을까. 오랫동안 생각 중에 있던 어떤 행동에 있어서의 다른 어떤 회와의 합류문제가 돌연한 결정을 지었던 까닭에 그 뜻을 회원들에게 급히 알려야 할 필요상 나는 그 보고를 가지고 회원의 집을 일일이 방문하지 않으면 안되었다.

그날 저녁때 마지막으로 찾은 것이 '나오미'였다. 직접 그의 숙소가 아니요. 그의 일터인 백화점으로 찾은 까닭에 그 자리에서 그에게 장황한 소식도 말할 수 없는 터이므로 진열되어 있는 화장품 사이로 간단한 보고만을 몇 마디 입재게 전하여 줄 따름이었다.

그러나 낯설은 손님도 아니요, 그렇다고 동지도 아니요, 마치 정다운 애인을 대하는 듯이 귀여운 미소를 띄우며 귀를 바싹 대고 나의 보고를 고요히 듣고 섰던 '나오미'는 나의 말이 끝나자 은근한 눈짓을 하고 그 자리를 떠나면서 나에게 그의 뒤를 따르기를 청하였다.

영문을 모르는 나는 의아하면서도 시침을 떼고 그의 뒤를 따라 같이 올라가는 승강기를 탔다.

위층에서 승강기를 버린 '나오미'는 층층대를 올라가 옥상 정원에까지 나섰을 때에 다시 은근한 한편 구석 철난간으로 나를 인도하였다.

"무슨 일요?"

심상치 않은 일이 있은 것같이 예측되었기에 그곳까지 이르자 나는 조급하게 물었다.

"선생님께 드릴 것이 있어서요."

철난간에 피곤한 몸을 의지하여 흐트러진 머리카락

을 쓸어 올리는 '나오미'는 조금도 조급한 기색은 없이 천천히 대답하면서 나를 듯짓이 바라보았다.

　"무엇이란 말요?"
　"무엇인 듯해요?"
　"글세."

　그러나 '나오미'는 거기서 곧 대답은 하지 않고 피곤한 듯한 손짓으로 이지러진 옷자락과 모양을 고치면서 탄식하였다.

　"하루에 열 시간 이상의 노동을 하려니까 피곤해서 못 배기겠어요."
　"그러니까 부르짖게 되지요."
　"십 시간 이상 노동 절대 반대. 그러나 지내 보니까 이 속에는 한 사람도 똑똑한 아이가 없어요. 결국 이런 곳의 조직의 필요성은 아직 제 시기에 이르지 못한 것 같아요."
　"그것은 그렇다고 해두고 지금 나에게 줄 것이 대체 무엇이란 말요?"

"참, 드릴 것을 드려야지요."

하면서 '나오미'는 새까만 원피스 주머니 속에 손을
넣었다.

"일전에 제가 선생님께서 능금을 받았지요. 그러니
까 저도 능금을 드려야지요."

그의 바른손에는 한 개의 새빨간 능금이 들려 있
었다.

"능금?"
"왜 실망하세요. 능금같이 귀한 것이 세상에 또 있
을까요?"

동의를 구하려는 듯이 '나오미'는 나를 반듯이 바라
보았다.

"저 곳을 내려다보세요. 번잡한 거리에서 헤매이고
꾸물거리는 저 많은 사람들의 찾는 것이 결국 무엇일까

요. 한 그릇의 밥과 한 개의 능금이 아닌가요. 번잡한 이 거리의 부감도(俯瞰圖)는 아름다운 능금의 탐색도(探索圖)인 것 같아요."

하면서 '나오미'는 거리로 향한 몸을 엇비슷이 틀면서 손에 든 능금을 높이 쳐들었다. 두어 오리 흐트러진 머리카락과 옆얼굴의 윤곽과 부드러운 다리와 손에 든 능금에 찬란한 석양이 반사되어 완연 그의 전신에서 황금빛 햇발이 발사되는 듯도 하여 그의 자태는 마치 능금을 든 이브와도 같이 성스럽고 신비로운 한 폭의 그림같이 보였다.

"능금을 받으세요."

원피스를 떨쳐입은 '모던' 이브는 단 한 개의 능금을 나의 앞에 내밀었다. 그의 자태와 행동에 너무도 현혹하여 묵묵히 서 있으려니 그는 어떻게 생각하였던지 한 개의 능금을 두 손 사이에 넣고 힘을 썼다.

"'코카서스' 지방에서는 결혼할 때에 한 개의 능금을

두 쪽을 내어서 신랑 신부가 그 자리에서 한쪽씩 먹는다
지요."

　하면서 나오미는 두 쪽으로 낸 능금의 한쪽을 나의
손에 쥐어 주고 나머지 한쪽을 그의 입으로 가져갔다.

　철난간에 의지하여 곁눈으로 저물어가는 거리의 부
감도를 내려다보며 반쪽의 능금을 먹는 '나오미'의 자태
는 아까의 성스러운 그림과는 정반대로 속되고 평범한
지상적(地上的) 풍경으로밖에는 보이지 않았다.

3

"그래 '나오미'는 어떻게 생각하오?"

"코론타이 자신 말예요."

"보다도 왓시릿사에 대해서 말요."

"가지가지의 붉은 사랑을 맺어 가는 왓시릿사의 가
슴속에는 물론 든든한 이지의 조종도 있었겠지만 보다도
끓는 피와 감정에 순종함이 더 많았겠지요 이런 점에 있
어서 저도 왓시릿사를 좋아하고 찬미할 수 있어요."

"사업 제일, 연애 제이, 어디까지든지 이 신조를 굽히
지 않고 나간 것이 용감하지 않소."

"그러나 사업 제일이라는 것은 결국 왓시릿사에게는
한 개의 방패와 이유에 지나지 못하는 것이 아닐까요.
한 사람의 사나이로부터 다른 사나이에게 옮아갈 때 거
기에는 사업이라는 아름다운 표면의 간판보다도 먼저 일
의적인 좋고 싫다는 감정의 시킴이 있을 것이 아닌가요.
결국 근본에 있어서는 감정 제일 사업 제이일 것에요. 사
랑은 - 그것이 장난이 아니고 사랑인 이상 - 도저히 사업
을 통하여서만은 들 수 없는 것이요, 무엇보다도 먼저 피

차의 시각(視覺)을 통해서 드는 것이니까요."

"그렇다고 왓시릿사의 행동을 갖다가 곧 감정 제일 사업 제이로 판단하는 것은 좀 심하지 않소."

"그것이 솔직한 판단이지요. 그렇게 판단하지 않고는 왓시릿사의 행동을 이해하기는 어려울 것에요. 그리고 왓시릿사 자신의 본심으로 실상은 그런 판단을 받는 것이 본의가 아닐까요. 결국 왓시릿사는 능금을 대단히 좋아하였고 그 좋아하는 감정을 솔직하게 표현하였다고할 수 있지요. 다만 그는 심히 약고 영리한 까닭에 그것을 표현함에 사업이라는 방패를 써서 교묘하게 그 자신을 카무프라주하고 그의 체면을 보존하려고 하였을 뿐이지요."

감격된 구변으로 인하여 상기된 '나오미'의 얼굴은 책상 위에 촛불을 받아 더한층 타는 듯이 보였다. 진한 눈썹 밑에 열정을 그득히 담은 눈동자는 마치 동물과 같이 교교한 광채를 던지고 불빛에 물든 머리카락은 그 주위의 붉은 열정의 윤곽을 뚜렷이 발상하고 있지 않는가!

"결국 능금이구료."

"그럼은요. 능금이 아니고는 모든 것을 설명할 수 없지요."

"아, 능금."

나는 내 자신의 의견과 판단도 있었지만 그것을 정황하게 말하기를 피하고 그 이야기에는 그만 끝을 맺어 버리려고 이렇게 짧은 탄식을 하면서 거짓 하품을 하려 할 때에 문득 나의 팔의 시계가 눈에 띠었다.

"시간이 훨씬 넘었는데 웬일일까."

"글쎄요. 아마 공장에 무슨 변이 있나 보군요."

"다른 회원들은 웬일일고."

연구회의 시작될 시간이 훨씬 넘었고, 또 그곳이 S의 방임에 불구하고 회원인 '나오미'와 나 두 사람이 먼저 와서 기다리고 있는지도 이미 오래이고 코론타이의 화제가 끝났을 그때까지도 S 자신은새려 다른 회원들의 자태가 아직 한 사람도 안보임이 이상하여서 나는 궁금한 한편 초조한 마음을 금할 수 없었다.

"공장의 폭발한 기세가 농후하여졌다더니 기어코 폭발되었나 부군요."

"글쎄, S는 그래서 늦는 것 같은데."

나는 초조한 한편 또 무료도 하여서 중얼거리며 S가 펴놓고 간 책상 위의 '로오사' 전기에 무심코 시선을 던지고 무의미하게 훑어 내려갔다.

"능금이라니 말이지 로오사도."

같이 쓸려 역시 '로오사'의 전기 위에 시선을 던진 '나오미'는 이렇게 화제를 돌리며 말을 이었다.

"그가 본국에 돌아올 때에 사업을 위한 정책상 하는 수 없이 기묘한 연극을 하여 뜻에 없는 능금을 딴 일이 있었지만 그것도 실상은 속의 속을 캐어보면 전연 뜻에 없는 능금은 아니었겠지요. 적어도 저는 그렇게 생각하고 싶어요."

'나오미'의 말에 끌려 새삼스럽게 나는 그와 같이 시

선을 책상 위편 벽에 걸린 로오사의 초상으로 - 전등을 끊기우고 할 수 없이 희미한 촛불 속에 뚜렷이 가난한 방안과 그 속에서 로오사를 말하고 있는 젊은 여자를 듬짓이 내려다보고 있는 로오사의 초상으로 - 무심코 던지지 않을 수 없었다.

그러자 웬일인지 돌연히! 의외에도 로오사의 초상이 우리들의 시선을 거부하는 듯이 걸렸던 그 자리를 떠나서 별안간 책상 위에 떨어졌던 것이다.

순간, 책상 모서리에 부딪친 초상화판의 유리가 바싹 부서지고 같은 순간에 화판 밑에 깔리운 촛불이 쓰러지며 방안은 별안간 어둠 속에 잠겨 버렸다.

"에그머니!"

돌연히 놀란 '나오미'는 반사적으로 나에게 바싹 붙었다.

"그에게 대하여 공연히 불손한 언사를 희롱한 것을

노여함이 아닌가."

돌연한 변에 뜨끔하여서 이렇게 직각적으로 느끼며 어찌할 바를 몰라 잠시 잠자코 있던 나는 그러나 더 놀라운 것을 당하였다. 별안간 목덜미와 얼굴 위에 의외의 따뜻하고 부드러운 촉감을 받았던 것이다. 그리고 피의 향기가 나의 전신을 후끈하게 둘러쌌다.

다음 순간 목덜미의 부드럽던 촉감은 든든한 압박감으로 변하고 얼굴에는 전면 뜨거운 피를 끼얹는 듯한 화끈한 김과 향기가 숨차게 흘러오고 입술에는 타는 입술이 와서 맞닿았다.

그리고 물론 동시에 다음과 같은 떨리는 '나오미'의 애원하는 목소리가 후둑이는 그의 염통의 고동과 함께 구절구절 찢기면서 나의 귀를 스쳤던 것이다.

"안아주세요! 저를 힘껏 힘껏 좀 안아 주세요."